Pinin Carpi

# CION CION BLU

Illustrazioni di Iris De Paoli

IL BATTELLO A VAPORE

*Al mio più caro amico,*
*mio figlio Paolo*

*Art direction e graphic design:*
Ufficio grafico Battello a Vapore - Mondadori Ragazzi

*Impaginazione e redazione:* Studio Noesis

www.battelloavapore.it

Pubblicato in accordo con Grandi & Associati, Milano.

Pubblicato per PIEMME da Mondadori Libri S.p.A.
I Edizione 2002
Nuova edizione 2019
© 2002 - Edizioni Piemme S.p.A., Milano
© 2019 - Mondadori Libri S.p.A., Milano
ISBN 978-88-566-7021-9

Anno 2019-2020-2021    Edizione 28 29 30 31 32 33 34 35 36 37

Finito di stampare presso 🚂 Grafica Veneta S.p.A.
Via Malcanton, 2 – Trebaseleghe (PD)
Printed in Italy

# 1

# La nuvoletta che arrivò
# sui campi di aranci

Una volta c'era in Cina un cinese vestito di blu e d'arancione che si chiamava Cion Cion Blu. Aveva i pantaloni blu e la giacca arancione, le pantofole blu e le calze arancione; e in tasca aveva un fazzoletto arancione e una pipa blu.

Anche i suoi capelli erano blu, blu scuro; ma la sua faccia non era arancione: era gialla, tonda tonda come un pompelmo, anche se era nato in Cina tra i mandarini, quei mandarini che sono le arance della Cina e che hanno il colore delle arance e che perciò sono arancione, anche se sembrano arancine.

Cion Cion Blu aveva un cane tutto arancione e lo chiamava *Blu*, che nella lingua dei cinesi vuol dire *arancione*. Però non lo chiamava mica Blu perché era arancione ma perché, quando abbaiava, invece di fare *bu bu bu* come gli altri cani faceva *blu blu blu*, non so perché.

Aveva anche un gatto tutto blu, e Cion lo chiamava *A Ran Cion*, che nella lingua dei cinesi vuol dire *blu*; ma quello strano gatto, quando miagolava, non miagolava mica il suo nome come il cane, ossia non faceva *arancioon arancioon*; faceva invece *miao miao miao* come i gatti italiani, perché quel gatto cinese preferiva miagolare in italiano; tant'è vero che *miao*, che sembra una parola cinese, è invece una parola italiana e vuol dire proprio *miao*. Però, quando faceva le fusa, invece di fare *ron ron ron* faceva *ran ran ran*.

Come tanti cinesi, Cion Cion Blu aveva poi un pesciolino in una vaschetta. Questo pesciolino, però, non era rosso, ma era blu; e non nuotava nell'acqua, ma nell'aranciata. Sai come aveva chiamato il suo pesciolino, Cion Cion Blu? Benché fosse blu – e, come sai, *blu* nella lingua dei cinesi vuol dire *arancione* – lo aveva chiamato Blu, perché quando il pesciolino aveva fame faceva *blu blu blu* con le bollicine.

Ma era un vero pasticcio, perché quando Cion voleva chiamare il cane, veniva anche il pesciolino guizzando fuori dalla vaschetta, e allora doveva precipitarsi a rimetterlo nella sua aranciata. E quindi aveva deciso di chiamarlo *Bluino*, perché era piccolino.

Cion Cion Blu era un contadino bravissimo, e stava sempre in mezzo ai campi, di notte e di giorno. Anche di notte, perché in quel posto faceva sempre caldo. E poi era così povero che non aveva nemmeno la casa, ma solo un grande ombrello blu e arancione; sotto l'ombrello c'erano il suo letto con le coperte blu e le lenzuola arancione – ma il cuscino era blu – e un fornellino blu con un bel focherello arancione per far da mangiare.

Sai che cosa coltivava nei campi Cion Cion Blu? Invece di coltivare alberi di mandarini, che come ti ho detto sono le arance della Cina, coltivava alberi di aranci, perché le arance gli piacevano di più. E il bello è che la terra in cui crescevano gli alberi era arancione, ma i tronchi degli alberi, i rami e le foglie parevano proprio blu.

Sai che cosa mangiava Cion Cion Blu? Mangiava sempre arance. Alla mattina, appena si svegliava, si preparava una bella tazza di aranciata. E invece di inzupparci il pane, ci inzuppava delle bucce d'arancia zuccherate.

A mezzogiorno poi si preparava un bel piatto di spaghetti fumanti di bucce d'arancia conditi con sugo d'arancia, e insieme una bella insalata di foglie d'arancio; alla fine, per frutta, si mangiava una banana, perché le banane gli piacevano molto. Alla sera, per cena, si accontentava di una minestrina calda di aranciata, e siccome non poteva metterci la pastina perché non ne aveva, ci metteva tanti semi d'arancia, che a te non piacciono perché sono amari, ma a lui sì.

Insomma, Cion Cion Blu sapeva preparare tutte le cose buone adoperando le arance. Ma dopo che se l'era mangiate si faceva una bella pipata con la sua pipa blu.

Però, là dove stava Cion Cion Blu, mica tutto era blu e arancione. Tant'è vero che sugli alberi c'erano moltissimi pettirossi. E poi, quando cominciò la storia che voglio raccontarti, era primavera e gli aranci erano tutti pieni di fiori bianchi.

Una notte che c'era una luna grande come una polenta, sui campi dove Cion dormiva saporitamente arrivò, forse per sbaglio, una nuvoletta di neve. Subito la nuvoletta si mise a nevicare, e si nevicò tutta finché in cielo non ne rimase più neanche un fiocco. E alla mattina tutto era diventato bianco, bianco come lo zucchero: la terra, gli alberi e anche il fornellino, e persino il letto di Cion Cion Blu. Perché lui la sera prima, per guardare le stelle prima di addormentarsi, aveva chiuso l'ombrello.

Ma non si era accorto di niente, dato che in quel posto faceva sempre caldo, persino quando nevicava. E anzi Cion aveva talmente caldo che i fiocchi di neve che gli erano caduti sulla faccia mentre dormiva si erano sciolti, e perciò sembrava tutto sudato.

Quando Cion Cion Blu si svegliò, era appena spuntato il sole. Si guardò intorno e vide che tutto era bianco di neve. Ma lui la neve non l'aveva mai vista e allora disse:

– Quanto zucchero!

Perché credeva che fosse zucchero. Naturalmente, come tutti i cinesi, invece di dire *zucchero*

aveva detto *zucchelo*, ma io ho tradotto in italiano.
Poi disse:

– Ma che caldo che fa! Come sono sudato! Però con tutto questo zucchero posso fare mille torte d'arancia. Che bellezza!

E tutto contento si leccò le labbra e si girò verso il fornellino blu dove, la sera precedente, aveva messo una tazza di porcellana blu piena di aranciata per scaldarla e bersela alla mattina. Ora la tazza si era riempita di neve; ma la neve, capisci bene, si era riempita di aranciata. E Cion disse:

– Quanto zucchero c'è nell'aranciata! E sì che l'avevo già zuccherata con dieci cucchiaini!

Se ne mise subito in bocca una bella cucchiaiata e poi, leccandosi le labbra per la gran bontà, disse:

– Che gelato!

Difatti quella neve con l'aranciata era diventata un vero gelato, un gelato d'aranciata. E Cion se lo mangiò tutto, senza lasciarne nemmeno un po'. Allora provò a assaggiare la neve senza aranciata e disse:

– Strano! Questo zucchero non è mica dolce. Però ce n'è talmente tanto di questo strano zucchero gelato che posso fare tanti gelati d'aranciata che poi vado a vendere in città.

E tutta la mattina la passò a riempire tazzine blu con aranciata zuccherata e neve, sicché a mezzogiorno ne aveva riempite cento. Le dispose per bene in uno di quegli armadietti a mensoline che i cinesi si portano sulla schiena come noi portiamo i sacchi da montagna, mise la vaschetta del pesciolino in una reticella e, caricatosi l'uno e l'altra sulle spalle, si avviò verso il fiume seguito dal cane Blu e dal gatto A Ran Cion.

# 2

# Il barcaiolo goloso

Sulla riva del fiume c'era un barcaiolo grasso, con la testa pelata e con dei lunghi baffi neri, che si chiamava Man Gion. Dormiva vicino alla sua barca russando a più non posso. E mentre dormiva continuava a masticare. Cion lo chiamò:

– O barcaiolo! Svegliati per piacere. Devo andare in città.

Ma il barcaiolo continuava a dormire.

– Svegliati! – insistette Cion. – Non ti posso dare dei soldi perché non ne ho. Ma potresti portarmi gentilmente lo stesso.

E il barcaiolo russò ancora più forte.

– Però – continuò Cion – potrei darti un buon gelato di aranciata.

Il barcaiolo aprì subito gli occhi, si mise a sedere e disse:

– Dammelo.

Cion glielo diede e il barcaiolo lo divorò in un momento a gran colpi di lingua, come uno screanzato.

– Ora mi porti? – chiese Cion Cion Blu.

– Dammene un altro, – ribatté Man Gion – è proprio buono.

Cion gliene diede un altro. Il barcaiolo ingoiò anche quello in un attimo e subito disse:

– Un altro!

Cion Cion Blu disse:

– Toh! – e gli diede il terzo gelato. – Però dopo mi porti, perché il troppo stroppia e quando si dice una cosa la si è detta.

Il barcaiolo, che aveva i baffi grondanti di gelato, alzò la faccia dalla scodella che aveva già vuotato a linguate e disse:

– Io non avevo detto che se mi davi i gelati ti portavo in città. Però se me ne dai ancora un altro ti ci porto.

Cion allora disse:

– E va bene. Ma che sia l'ultimo!

Gli diede il quarto gelato. Ma era così furioso che il cane ringhiò e il gatto soffiò tirando fuori le unghie. Il barcaiolo non lo guardò neanche e, *slap slap*, con la sua linguona fece sparire il gelato in un battibaleno.

Ma appena l'ebbe finito, si buttò lungo disteso in terra e cominciò a contorcersi gridando:

– Ahia! che mal di pancia! Aiuto! Portami da un dottore. Che male! mamma mia!

Cion Cion Blu era proprio arrabbiato. Ma doveva pure aiutarlo, quel pancione goloso.

– E dove lo trovo un dottore? – disse.

– In città, lo trovi. Ahiaaa! – e rimbalzando come un pallone, Man Gion era rotolato nella barca.

Cion salì anche lui insieme al cane e al gatto e mise bene al sicuro sul fondo la vaschetta col pesciolino e il sacco-armadietto. Poi cominciò a remare, mentre Man Gion gridava a più non posso:

– Rema, rema più forte, rema. Su, che scoppio dal male. Ahiaaa! povera la mia pancia.

E Cion tranquillo rispondeva:

– Remo come posso. Io sono un contadino, non

sono mica un barcaiolo. Se vuoi che la barca vada più veloce, rema tu.

– Ma non posso, ahi!, remare io, ahi!, con questo, ahi!, male, ahi! Sei proprio, ahi!, senza pietà, ahiaaa! – si lamentava il barcaiolo facendo sobbalzare la barca coi suoi dimenamenti.

– Se io sono senza pietà, tu sei senza pudore, mangiagelati a sbafo che non sei altro! Sono sicuro che i miei gelati nella pancia ti stanno pizzicando per punirti della tua ingordigia.

La città attraversata da quel fiume era la capitale della Cina. Quando giunse alle prime case, Cion Cion Blu accostò subito la barca a riva, perché il barcaiolo continuava a strillare come un matto.

Qui c'era un uomo tutto vestito di rosso, con un berretto di pelo bianco e una lunga scimitarra d'oro, che se ne stava fermo a guardare il fiume.

– Signore, per piacere, – gli gridò Cion Cion Blu – non sei mica un dottore per caso?

L'uomo vestito di rosso, senza voltarsi, disse distratto:

– Cosa?

– Volevo sapere, – ripeté Cion – se per caso non sei mica un dottore.

– No, – disse l'uomo vestito di rosso – io sono l'imperatore.

– Allora, – gli rispose Cion – non servi. Non

sai mica dove posso trovare un dottore? Qui c'è uno che si è rimpinzato dei miei gelati e si è fatto venire il mal di pancia.

L'uomo vestito di rosso era così distratto che non rispose. Ma mentre Cion parlava, il barcaiolo aveva smesso di colpo di lamentarsi e, alzandosi dal fondo della barca come una molla che scatta, era saltato fuori e si era messo a scappare velocissimo gridando:

– L'imperatore!!! Sono fritto!

Il cane Blu lo rincorse abbaiando furioso, mentre Cion spalancava gli occhi stupefatto. In un minuto Man Gion era sparito in fondo a una strada tra le case.

# 3

# L'uomo vestito di rosso che buttava le palline nel fiume

Quell'uomo vestito di rosso col berretto di pelo bianco e con una scimitarra d'oro, figurati un po', era proprio l'imperatore, ossia quello che comandava tutti i cinesi e era padrone di tutta la Cina. Dopo ti dirò come mai era capitato lì e perché se ne stava quieto quieto a guardare il fiume invece di divertirsi nel suo palazzo meraviglioso, grande come una città, insieme ai suoi cento mandarini. Quei mandarini, però, non erano mica dei mandarini frutti. Erano invece dei signori importanti, anzi erano i capi più importanti di tutti. Si chiamavano mandarini perché erano i cinesi più grassi che c'erano e avevano le guance talmente paffute che le loro facce sembravano proprio dei mandarini.

Pensa, poi, che nel suo palazzo l'imperatore era servito anche da centinaia di ministri, cortigiani e maggiordomi e era difeso da migliaia di generali, colonnelli, cavalieri, soldati e guardie.

Ma Cion Cion Blu era quasi sempre vissuto tra i campi di aranci e non sapeva nemmeno che esistesse un imperatore. Perciò l'aveva scambiato per un signore qualsiasi, anche se un po' strambo.

L'imperatore, infatti, non soltanto se ne stava a guardare il fiume senza badare a nient'altro, ma ogni tanto tirava fuori da una tasca una pallina grossa come una ciliegia e del colore delle perle, e la buttava nell'acqua, e poi, sgranando gli occhi, fissava il punto in cui era scomparsa, fermo come una statua; dopo un po' scuoteva la testa sospirando. Tanto che Cion Cion Blu pensò di chiacchierare un po' con lui per consolarlo.

– Quel barcaiolo è proprio matto – disse. – Ci sono quelli che scappano quando viene il dottore, ma lui invece voleva cercarlo un dottore. E sai perché? Perché aveva voglia di mangiare i miei gelati e non di portarmi qui in città. Che poi ci sono venuto lo stesso, anche se ho remato io.

Ma l'imperatore fissava sempre il fiume. Allora Cion Cion Blu continuò:

– Beh, ora mi metto a vendere i miei gelati. Ne vuoi uno? Sono buonissimi, sono di aranciata.

*L'imperatore ogni tanto tirava fuori da una tasca
una pallina... e la buttava nell'acqua.*

– Grazie, – rispose l'imperatore, sempre fissando l'acqua del fiume – dammene uno.

Cion gli diede una tazzina di gelato e poi si caricò il sacco-armadietto sulle spalle. L'imperatore, senza voltarsi, cominciò a mangiare.

– È buono? – gli chiese Cion.

– Buono! – rispose l'imperatore, – davvero squisito! È una bontà!

Cion lo guardò per un po' e allora l'imperatore disse di nuovo:

– È proprio buono. Sì, è ottimo.

– Lo so che è buono! – scoppiò a dire Cion Cion Blu. – Però potresti pagarmelo, no?

L'imperatore sbatté le palpebre come se non avesse capito e balbettò:

– Ah! Sì... quanto costa? Però...

– Una lira cinese – disse Cion.

L'imperatore sbatté ancora le palpebre e poi, balbettando ancora di più, disse:

– Ma, sai. Io non ho soldi in tasca. Però...

Devi sapere che gli imperatori della Cina non avevano mai soldi in tasca perché non ne avevano mai bisogno; tanto nel loro palazzo avevano tutto quello che volevano! I cinesi, poi, avevano talmente paura di loro che gli davano tutto quello che chiedevano senza fargli pagare mai niente. Perché certi imperatori erano così tremendi che facevano mettere in prigione tutti quelli che gli erano antipatici! Ma quello era un imperatore buono, e poi era distratto.

– Ho capito! – disse Cion Cion Blu. – Sei un poveraccio senza una lira come me. Non fa niente. Non te lo avevo detto prima, che i gelati erano in vendita. Adesso mi rifaccio vendendo gli altri gelati –. E strizzò un occhio.

Poi cominciò a passeggiare lungo la riva offrendo gelati a tutti i passanti.

La strada era fiancheggiata da bellissime casette, con grandi vetrate e giardini fitti di alberi e di fiori, in cui abitavano ricchi signori. Era passato da un po' il mezzogiorno e a quell'ora tutti gli abitanti, dopo aver mangiato le cose che mangiavano di solito i cinesi, ossia grandi scodelle di riso coi bastoncini, molte pinne di pescecane e due o tre nidi di rondine, si erano messi a passeggiare lungo la riva del fiume per prendere il fresco, facendosi continuamente inchini l'un l'altro.

– Vuoi un gelato d'aranciata, signore? – diceva Cion Cion Blu a un cinese grasso che agitava un grande ventaglio con la sua mano grassa: sudava talmente che gli scorrevano tanti ruscelletti dalle guance, dal naso e dalle orecchie.

– Quanto costa? – rispondeva il cinesone, alzando in alto la faccia per darsi importanza.

– Una lira cinese, signore.

– Che porcheria! – rispondeva il grassone sdegnato.

E se ne andava, scuotendo seccato il suo gran ventaglio.

– Signorina, – diceva Cion a una ragazza, magra come un ombrello chiuso, che camminava a passettini, tutta impettita per sembrare più bella – vuoi un gelato di aranciata?

– Non so... forse – rispondeva lei, senza fermarsi, con una vocina che pareva quella di un grillo. – Quanto costa?

– Una lira cinese, signorina.

– Dev'essere così cattivo!

E se ne andava a passettini così piccoli che se non si stava bene attenti pareva sempre lì.

Nessuno voleva i suoi gelati, e Cion Cion Blu, dopo un po', tornò vicino all'imperatore che se ne stava sempre immobile a guardare l'acqua del fiume.

– Amico mio, – gli disse – qui nessuno vuole i gelati. Non mi rimane che tornarmene al mio ombrello in mezzo ai campi.

L'imperatore lanciò in acqua un'altra pallina e rimase a guardarla sparire con gli occhi così sgranati che sembravano due uova fritte.

– Io però vorrei sapere, – continuò Cion – perché nessuno vuole comprarli.

– Quanto costano? – chiese l'imperatore distratto.

– O amico! – gli rispose Cion Cion Blu, – mi sembri un po' troppo sbadato! Te l'ho già detto che costano una lira cinese.

– Ma i ricchi non comprano i gelati che costano così poco. Pensano che siano cattivi e allora... – rispose un po' stizzito l'imperatore.

– Ma sono buoni! – lo interruppe Cion. – Perché non dovrebbero comprarli?

– Ma nessuno lo sa! – continuò l'imperatore gridando di rabbia, sempre guardando il fiume.

– E poi, – continuò Cion – qui in questa strada sono tutti ricchi?

– Sì, – urlò l'imperatore furioso – sì, sono tutti ricchi! Sono i signori più ricchi della Cina!

– Beh! che cosa ti prende? – esclamò Cion Cion Blu un po' seccato per le urla dell'imperatore. – È venuto mal di pancia anche a te? Però ti ringrazio del consiglio. Li venderò a cento lire cinesi.

E si precipitò a offrire di nuovo i suoi gelati a tutti quelli che passavano.

– Volete comprare dei buonissimi gelati di aranciata? – gridava. – Non costano poco, anzi costano cento lire cinesi. Comprateli che costano moltissimo.

E poi gridava ancora:

– Sono gelati buonissimi! Chiedetelo a quell'imperatore là, che ne ha mangiato uno.

E tutti quei cinesi ricconi cominciarono a comprarli dicendo: – Che buono! – e poi: – Che raffinatezza! –, e poi: – Non ne ho mai gustato uno così! Lo credo. Costa cento lire cinesi! –, e poi: – Sono prelibati. Figurati! Ne ha mangiato uno persino l'imperatore –. E in pochi minuti Cion Cion Blu aveva venduto tutti i gelati. Ossia aveva guadagnato novemilacinquecento lire cinesi.

Tutto trionfante corse vicino all'imperatore e disse:

– Amico, mi hai dato un consiglio bellissimo. Ora vado a comprare delle buone cose e ci mettiamo qui a mangiarle al fresco, vicino all'acqua.

L'imperatore distolse per un momento gli occhi

dal fiume e lo guardò con severità da imperatore.

– Ma tu sai chi sono io? – gli disse.

– Ma che faccia scura che fai! – gli rispose Cion scoppiando a ridere. – No amico, non so chi sei. So che non fai il dottore e che fai un altro mestiere che non ho capito bene.

– L'avevo pensato che non avevi capito chi sono – disse l'imperatore, alzando il mento con superbia. – Io sono *Ciù Cin Han Uei Sui Tang Sung Ming*.

Quello, pensa un po', era il nome complicato e lunghissimo dell'imperatore; e naturalmente nessuno se lo ricordava mai bene tutto. Perciò i suoi sudditi lo chiamavano *Figlio del Sole*, oppure *Luce della Terra*, oppure stavano zitti lasciando che parlasse lui.

Dopo aver detto tutti quei nomi, l'imperatore guardò Cion Cion Blu con un sorriso trionfante aspettandosi che il contadino si gettasse a terra impaurito. Ma Cion quei nomi non li aveva mai sentiti nominare e così rispose:

– Molto piacere, amico, e io sono Cion Cion Blu, il mio cane si chiama Blu, il mio gatto A Ran Cion e il mio pesciolino Bluino. Ti piace il pollo?

L'imperatore era molto imbarazzato. Perché di solito tutti s'inchinavano al suo passaggio e non avevano nemmeno il coraggio di parlargli, tanto avevano paura che si arrabbiasse. E, davanti a quel contadino che lo chiamava *amico* e gli chiedeva se gli piaceva il pollo, non seppe rispondere altro che:

– Sì, sì... il pollo è buono. Ma...

– Ma, che cosa? Hai pensato a qualcosa d'altro? Puoi dirmelo, non mi offendo mica – replicò Cion.

– Ma tu sai chi sono? – insistette l'imperatore facendo un viso sempre più scuro.

– Sì, sì, l'ho capito... sei Cin Ciù Tang Ming... cioè, Ming Mong Sung Cing... cioè, Tang Sing Uan Mung, insomma, un po' l'ho capito e un po' no. Ma non ti chiameranno con tutti quei nomi insieme, di solito!

– No... non con tutti – balbettò l'imperatore, – il mio nome, in sé, è Uei Ming. Ma, – continuò facendo di nuovo lo sguardo severo – hai capito che *io sono l'imperatore*?!

E disse queste ultime parole a voce altissima, lampeggiando con gli occhi. Cion lo guardò un po' dubbioso e rispose:

– Ma perché fai tutte quelle facce? Ho capito che sei l'imperatore, ma... scusami... che mestiere è quello dell'imperatore?

Uei Ming rimase così stupito che aprì due o tre volte la bocca senza riuscire a dire una parola. Poi si voltò di nuovo verso il fiume e tirò un'altra pallina nell'acqua.

Cion Cion Blu pensò che quel signore era un po' matto, poi disse:

– Aspettami qui: vado a comprare il pollo. Ci faremo una bella spanciata. Anzi comprerò due polli. Uno per te e uno per me.

E se ne andò col cane, col gatto e col pesciolino, mentre l'imperatore scuoteva la testa tristemente guardando il fiume.

«Forse,» pensò Cion Cion Blu «il mestiere dell'imperatore è quello di gettare palline nell'acqua.»

# 4

# Le perle magiche

Quando Cion Cion Blu tornò dall'imperatore,
aveva tra le mani un grosso cartoccio fumante in
cui c'erano due polli arrosto e quattro pagnotte.

– Che bellezza! – gongolò Cion. – Sai che io
mangio sempre e soltanto arance?

E per prima cosa strappò la coscia di un pollo
e la gettò al cane, staccò un'ala e la diede al gatto e sbriciolò un bel po' di pane nella vaschetta
del pesciolino. L'imperatore, sempre trasognato,
mormorò:

– Soltanto arance? Non mangi mai neanche
una banana?

E Cion Cion Blu dovette ammettere:

– Sì, anche banane, ma poche.

– E non mangi mai – continuò l'imperatore
– marmellata, oppure spaghetti o minestrine e poi
scaloppine e insalata?

– Sì che li mangio, ma...

– E di che cosa ti lamenti, se mangi un po' di
tutto? E di aragoste e di pernici, non ne mangi?

Cion, tirando il fiato perché finalmente poteva
rispondere di no, disse pronto:

– No, aragoste e pernici mai. Io mangio sempre arance.

– Va bene che non mangi aragoste e pernici, che
poi sono pietanze di lusso. Ma se tutto il resto lo
mangi, perché ti lamenti? I poveri si lamentano
sempre anche quando hanno tutto.

Allora Cion Cion Blu si mise a ridere e disse:

– Ma io non mi lamento. Le arance mi piacciono
moltissimo. Però vorrei mangiare un pollo. Sei
tu che sei triste, invece. Mangia anche tu il pollo,
che ti passa.

E gli porse il pollo intero. Ma Uei Ming, invece
di prendere il pollo, gettò un'altra pallina nel fiume e poi, come al solito, fissò l'acqua spalancando
gli occhi. Dopo un po' scosse la testa e, con un
singhiozzo, mormorò:

– Non la vedo più!

– Per forza non la vedi più – gli disse Cion. – È
andata a fondo.

Uei Ming lo guardò spaventato e gli chiese con voce tremante:

– È andata a fondo?

– Se la pallina non galleggia è perché la pallina è andata a fondo – rispose Cion.

– Ma non era una pallina, era una perla, una grossa perla!

Cion Cion Blu non aveva mai visto le perle, ma sapeva che valevano una quantità di soldi. Perciò rimase stupefatto e disse:

– E tu butti via le perle come se fossero dei sassi? Ma sei matto?

– Per forza! È stato il fantasma a dirmelo... quello che mi faceva gli scherzi. Aveva un picchio rosso sulla testa. E così ho visto la più bella ragazza della Cina, anzi del mondo.

– Dove l'hai vista?

– Nel fiume! – gemette Uei Ming. – E ora non la vedo più.

– Faceva il bagno?

– Ma no! Ma no! Era un incantesimo. Perché, vedi, una notte sono andato a dormire, e il giorno dopo dovevo partire per la guerra.

– Poveretto! – lo compatì Cion Cion Blu. – E contro chi dovevi fare la guerra?

– Non lo so, contro chi. Erano stati i generali a decidere contro chi dovevo fare la guerra. Sono io che comando i generali, però sono sempre loro che decidono se si deve fare la guerra contro questo, oppure se si deve fare la guerra contro quello; è così. Insomma, io mi sono messo a dormire e, a un certo momento, mi sono sentito pungere il naso così forte che mi sono svegliato.

– Era una zanzara?

– Ma no! Era un picchio rosso. E poi sentivo che mi facevano il solletico sotto i piedi. E ecco che, vicino al letto, c'era un fantasma piccolino: era lui che mi faceva il solletico! E il picchio è andato a posarsi sulla sua testa. Io mi sono spaventato, ma il fantasmino rideva come un matto. Poi, a un tratto, mi ha strappato via il lenzuolo. Allora ho preso la mia scimitarra e ho cercato d'infilzarlo. Ma si sa che i fantasmi sono delle lenzuola finte e non hanno dentro niente. Lui rideva dimenandosi nell'aria come una bandiera e poi ha cominciato a parlare: – Caro il mio imperatore della Cina, sei un bel fifone se hai paura di un fantasma! –. Pensa che villano! Io non sono mica un fifone. Solo che non mi aspettavo di vederlo.

– Ma era piccolino, no?

– Sì, però era un fantasma lo stesso. E poi c'era anche il picchio rosso.

– Ma tu hai paura dei picchi rossi?

– No, non ho paura dei picchi rossi. Ma c'era

anche il fantasma. E allora mi dice: «Mi manda qui da te, lo sai chi? lo sai chi?». E aspetta. Io dico: «L'imperatore dei fantasmi». E lui: «Acqua». E io: «L'imperatore del paese a cui facciamo la guerra». E lui: «Acqua». E io: «Un altro imperatore». E lui: «Macché imperatori! Mi manda la marmellata di ciliegie. No, anzi, il budino di pistacchio. No, mi manda la panna montata». In quel momento il picchio rosso comincia a dargli delle beccate fortissime in testa. E il fantasma: «Ahi! ahi! Sì, la smetto di fare scherzi».

– Ma un fantasma non sente mica il male! – lo interruppe Cion Cion Blu.

– Beh, – continuò Uei Ming – lui lo sentiva. Allora ha continuato: «Mi manda la fata Valentina Pomodora». E io: «È la mia protettrice?». E lui:

«Ma no! È la protettrice dei poveri, mica dei ricchi. Però ha detto che bisogna badare a voi imperatori, perché se non si sta attenti combinate una quantità di guai». E io allora gli chiedo: «E cosa mi manda a dire?». E lui: «Mi ha detto che domani mattina all'alba, prima di partire per la guerra, dovrai andare lungo il fiume portando con te una perla grossa come una ciliegia. La getterai nell'acqua e, quando la perla avrà raggiunto il fondo, vedrai apparire il tuo destino». E subito dopo, ridendo a crepapelle, il fantasma ha cominciato a volare velocissimo nella stanza; poi, passandomi vicino, mi ha fatto: «Buuu!» e è fuggito dalla finestra come una ventata seguito dal picchio rosso che gli gridava con voce seccatissima: «Smettila di fare tutti questi scherzi! Sii serio!».

– Un picchio che parla? Questa è bella! – scoppiò a ridere Cion Cion Blu.

– C'è poco da ridere! – s'indispettì l'imperatore. – Parlava. E con questo? Si vede che aveva imparato. Bene. La mattina dopo, come mi aveva detto il fantasma, vado lungo il fiume con una perla grossa come una ciliegia e la butto nell'acqua...

– E cos'hai visto? – gli chiese Cion tutto emozionato per la curiosità.

– Ho visto la più bella, la più splendida, la più meravigliosa, la più dolce...

– Torta di arance!!! – lo interruppe Cion Cion Blu cercando di indovinare.

– Ma no! Sta' zitto!!! Ho visto la più stupenda ragazza che esista. Era apparsa come un'immagine. Là, nell'acqua. Bella! Con gli occhi verdi e i capelli neri come non ce n'è di più belli al mondo.

– E tu che cos'hai fatto, allora?

– Io mi sono gettato nel fiume. Ma naturalmente era soltanto un'immagine. E poi non so nuotare e stavo per affogare. Per fortuna mi hanno ripescato. Ma, caro il mio Cion Cion Blu, da allora non ho più avuto pace. Sono andato a dire ai generali che la guerra non si faceva più. Loro protestavano e allora li ho fatti mettere tutti in prigione.

– Bravo! – gridò Cion. – Hai fatto proprio bene. Tutti quelli che vogliono fare la guerra bisogna metterli in prigione. Così si sta tutti in pace.

– Poi – continuò Uei Ming – ho preso delle altre perle e sono venuto qui giorno e notte per vedere apparire di nuovo la più bella ragazza del mondo. E intanto ho mandato tutti dappertutto a cercare la ragazza del mio destino. E l'hanno cercata tra le regine, tra le principesse, tra le ragazze nobili di ogni paese. Ho mandato in giro persino i ministri, i mandarini, i generali...

– Ma non li avevi messi tutti in prigione, i generali? – chiese Cion Cion Blu deluso.

– Ne avevo nominati degli altri. Ma nessuna ragazza somigliava, povero me, nemmeno un pochino a quel fiore, a quella stella, a quel viso beato, a quei capelli notturni, a quegli occhi marini, a quell'immagine di luna e di stelle. Poi... – e Uei Ming cominciò a singhiozzare – un bel giorno, volevo dire, un brutto giorno, l'immagine non è apparsa più. Da allora vengo qui, getto perle, passo le ore, piango, getto perle, niente, l'acqua scorre, niente, non vedo più niente. Sono disperato.

L'imperatore piangeva come una fontana.

Cion Cion Blu era commosso. Gli andò vicino e, mettendogli una mano sulla spalla, gli disse:

– Va' là, non te la prendere così tanto! Mangia questo pollo arrosto che ti consolerà un po'. Uno, quando ha mangiato, sta meglio. Sapessi che buon sapore di rosmarino ha!

E intanto Cion Cion Blu divorava il suo pollo, gettando di quando in quando un pezzo di petto al gatto A Ran Cion e un osso al cane Blu.

– No! – gemette Uei Ming. – Non ho fame. Vorrei solo bere del tè.

– Vuoi del tè? Vado subito a prendertene una bella teiera.

– Sì, – aggiunse Uei Ming – però vorrei del tè di gelsomino.

– Del tè di gelsomino? Ma perché?

– Da qualche tempo è l'unica cosa che riesco a inghiottire. E poi, – disse l'imperatore con voce fioca – la ragazza del fiume aveva un vestito verde a fiorellini bianchi di gelsomino.

– Allora, – disse Cion Cion Blu – cerchiamo il tè di gelsomino. Però è meglio che venga anche tu. Se bisogna fare molta strada per trovarlo, quando te lo porto è diventato freddo.

# 5
# Il tè di gelsomino

Cion Cion Blu, col cane, col gatto e col pesciolino, si era incamminato fumando la sua pipa lungo una stradina tutta fiancheggiata di fiori lilla di lillà. L'imperatore lo seguiva passo passo, continuando a lacrimare.

– Dove sarai, mia bella! – sospirava – Chissà se troveremo il tè di gelsomino! Chissà!

A un certo punto videro una casetta che odorava di rose e era tutta coperta di rose color di rosa. Era talmente coperta di rose che le rose scendevano a mucchi dal tetto fino ai vialetti del giardino tutti pieni di rose, e poi salivano a mucchi sulla cancellata e arrivavano fino sulla stradina.

Tra le rose si vedevano appena le finestre e la

porticina di legno di rosa. Davanti alla porticina, tra le rose, c'era una signora vestita di un abito rosa, con una rosa tra i capelli.

Con un pennellino sottile dipingeva su una teiera di porcellana bianca tante roselline gialle.

– Signora gentile – le chiese Cion Cion Blu avvicinandosi al cancello – non avresti per caso un po' di tè di gelsomino?

La signora chinò dolcemente la testa da una parte e gli rispose sorridendo:

– Contadino gentile, non ne ho proprio di tè di gelsomino. Se vuoi, ho dell'acqua di rose.

– Grazie, – rispose educatamente Cion – mi occorreva proprio il tè di gelsomino.

Camminarono ancora un po' e videro un'altra casetta con delle grandi vetrate sulle quali s'intrecciavano tanti lunghi rami di piselli odorosi pieni di fiori bianchi, celesti, rossi e giallini.

Dalla casetta usciva un gran fracasso di rumori strani: cigolii, ululati, fischi, miagolii e rimbombi che non smettevano mai. Sulla porta del cancelletto c'era un cartello con scritto: LI, TI, PI, UÌ - CONCERTISTI. Nella casetta si vedevano quattro cinesini che suonavano: uno pestava con un martello tante pentole e le aveva ammaccate tutte; un altro pizzicava furiosamente una specie di mandolino che teneva davanti come fosse uno

specchio, ma tirava talmente le corde che sembrava tirasse delle frecce con l'arco; un altro soffiava in un lungo fischietto da cui uscivano sibili acutissimi; l'ultimo con un grosso bastone dava delle gran bastonate a un enorme tamburo. Le vetrate della casetta tremavano tutte.

– Cari concertisti, – gridò Cion Cion Blu cercando di farsi sentire in quel frastuono – non avreste per caso un pochino di tè di gelsomino per il mio amico imperatore, che ne ha voglia?

– Non ci disturbare! Zitto! Ma non vedi che stiamo suonando? Ssst, ssst! – risposero un po' per uno i quattro concertisti.

– Ma chiedevo soltanto del tè di gelsomino! – urlò Cion un po' demoralizzato.

– Non ne abbiamo. Non ne abbiamo. Avevamo della besciamella coi piselli, ma si è intrugliata – risposero i quattro musicisti un po' per uno, senza smettere di suonare.

– Perché si è intrugliata? – chiese Cion.

– Che cosa? – dissero tutti e quattro in coro. – Parla più forte!

– Perché si è intrugliata la besciamella? – urlò Cion Cion Blu.

– Non sopportava la musica. Abbiamo dei libri se vuoi – dissero loro.

– No, grazie – rispose Cion.

– Ma sono libri di musica. Potresti imparare. Anzi, vieni qui a suonare anche tu: c'è uno strumento che va bene anche per chi non conosce la musica come noi – e gli indicarono con la testa una specie di seggiola. – Si suona con l'archetto.

– No, grazie. Volevo solo del tè di gelsomino! – urlò Cion e, senza aspettare che gli rispondessero, se ne andò correndo, seguito dall'imperatore che continuava a gemere:

– Lo vedi, Cion? Non si trova! Non si trova! Non la troverò mai, la mia bella ragazza del fiume!

– Ma caro amico, – lo confortò Cion – adesso stiamo cercando il tè di gelsomino, non la ragazza. Su, fatti coraggio!

– Hai ragione! – rispose Uei Ming. – Mi ero confuso, talmente continuo a pensarci.

Camminarono ancora un po' e videro una casa dal tetto rotondo come una panciona, su cui si arrampicavano dei grossi rami contorti che avevano delle grandi foglie pelose e dei fiori gialli. Dai rami pendevano delle enormi zucche verdi e gialle. Davanti alla casa, su un'amaca, stava disteso un cinese grassissimo che guardava il cielo. Intorno a lui volavano delle farfallone gialle.

– Signor grassone, – disse Cion Cion Blu sorridendo con garbo – hai del tè di gelsomino? Saresti molto gentile se ce ne dessi qualche tazza.

Il grassone, senza muoversi, girò appena gli occhi verso Cion e Uei Ming e socchiuse la bocca. Si udì appena un soffio e poi la sua bocca si richiuse e i suoi occhi tornarono a guardare il cielo.

– Cos'ha detto? – chiese l'imperatore preoccupato.

– Non è riuscito a dir niente – rispose Cion Cion Blu. – È troppo grasso.

Continuando a camminare lungo la stradina dei lillà trovarono un'altra casetta, dipinta di rosso, di blu, di uccellini e di fiori, con un'insegna che diceva: PAO CIAO - PITTORE DI COSE VERE.

Il giardinetto era pieno di bambù e di campanelline bianche e rosa di convolvoli. C'era anche

41

un roccione alto e scuro da cui precipitava una cascata d'acqua spumeggiante.

Vicino alla cascata c'era un pittore distratto, con un berrettone rosso che gli scendeva su un orecchio; si agitava davanti a un cavalletto su cui era fissato un lungo foglio di carta. Con tanti pennellini e con tanti colori, il pittore dipingeva una casetta rossa e blu, con un giardinetto pieno di bambù e convolvoli nel quale c'era una roccia con una cascata.

– Signor pittore, – gli chiese Cion con rispetto – non hai per caso una bella tazza di tè di gelsomino per l'imperatore mio amico?

– No – rispose il pittore senza voltarsi. – Però se vuoi posso dipingerla.

– Non è mica lo stesso – osservò Cion Cion Blu.

– È lo stesso, – protestò il pittore seccato – perché la dipingo così bene che poi è come se ci fosse veramente.

– E si può anche berla? – domandò Cion un po' incredulo.

– E si può anche berla – disse il pittore.

Prese un altro foglio di carta e in un momento dipinse una bella tazza turchina piena di un liquido bollente; era talmente bollente che il vapore bagnava tutta la carta.

– Ecco – disse il pittore.

Staccò la tazza dalla carta e la porse a Uei Ming.

L'imperatore ne bevve un piccolo sorso, poi cominciò a protestare:

– Ma questo non è tè di gelsomino, è aranciata!

– È aranciata! – disse Cion tutto contento, – dalla a me.

Prese svelto la tazza e se la bevve tutta, leccandosi le labbra.

– È buonissima – disse. – È buona come quella che mi preparo io alla mattina.

Il pittore era contrito e teneva gli occhi bassi.

– Scusatemi – disse. – L'ho dipinta sbagliata. Non sono mai riuscito a dipingere il tè di gelsomino. Non so perché. Non so perché. Se volete vi posso dipingere una tazza di salsa di pomodoro.

Cion chiese all'imperatore:

– Ti va bene la salsa di pomodoro?

– No, no, – rispose Uei Ming – ho proprio voglia di un po' di tè di gelsomino. Oh mia adorata bella!

Cion si rivolse di nuovo al pittore e disse:

– Non va bene. Ciao, signor Ciao.

– Ciao – rispose il pittore.

Cammina cammina, era venuta sera. Trovarono una casetta scura, tutta coperta d'edera, con le finestre chiuse e la porta chiusa. Però nella fessura di una finestra rotta si vedeva una luce fioca.

Cion andò a sbirciare e vide una stanza quasi vuota. C'erano soltanto un tavolo e uno sgabello.

Seduto sullo sgabello c'era un cinese magro, tutto sporco, con degli occhietti piccoli piccoli e con una barba lunga e spettinata. Sul tavolo c'era un mucchio di monete d'oro e quell'uomo le contava una per una al lume di una candela quasi consumata. Le sue mani erano magre e avevano delle unghie lunghissime perché, per non consumare le forbici, non se le tagliava mai.

– Per favore, signor avaro! – gli gridò Cion Cion Blu attraverso la fessura.

L'avaraccio, che non se l'aspettava, prese un tale spavento che sbatté le mani come un matto facendo cadere tutte le monete in terra.

– Maledetto! – gridò con una vocina rauca. – Chi sei? Un ladro? Dov'è la mia spada? Povero me, l'ho venduta!

– Ma no! – disse Cion. – Non sono un ladro! Sono Cion Cion Blu e volevo chiederti se non hai per caso del tè di gelsomino per un mio amico.

– Non ho niente! Niente! – strillò l'avaro raccogliendo svelto svelto le monete e nascondendole nella camicia, che poi era piena di strappi e così le monete gli cadevano fuori da tutte le parti.

– Non hai neanche delle monete d'oro? – gli chiese Cion.

– No! No! Quelle proprio non le ho! Sono un povero poverissimo! – balbettò l'avaro stendendosi a terra sulle monete per nasconderle.

– Non hai neanche la testa?

– No! No! Neanche quella – gridò l'avaro tremando.

E Cion riprese il cammino sulla stradina, dicendo a Uei Ming:

– Poveretto! Pensa un po' che non ha neanche la testa. Si capisce perché, alla mattina, non può lavarsi la faccia.

Tutto intorno era buio, ormai. Le uniche luci erano quelle delle stelle. Di fianco alla strada non c'erano più nemmeno i lillà, ma solo delle casupole buie con degli spioncini attraverso i quali si scorgevano degli occhi che spiavano.

– Torniamo, adesso – disse l'imperatore preoccupato. – Questa strada non va in nessun posto. Non possiamo trovare il tè di gelsomino se non andiamo in nessun posto.

– Tutte le strade vanno in un posto – disse Cion Cion Blu. – Vedrai che troviamo il tè di gelsomino.

– Ma quegli occhi che guardano da quelle casupole, di chi saranno? – domandò Uei Ming.

– Forse, – rispose Cion – sono dei briganti. Ma tanto noi non abbiamo niente e non ci possono rubare niente.

– Ma io ho in tasca tutte le perle – sussurrò l'imperatore sempre più preoccupato.

– Non avrai mica paura, no? – rispose calmo Cion.

– Io non ho paura – esclamò fieramente Uei Ming con voce forte. – Però non bisogna esagerare coi pericoli quando si hanno delle perle in tasca.

Appena l'imperatore ebbe parlato, in una casupola un po' più nera delle altre, da cui spiavano quattro occhi, si sentì mormorare: – Ha le perle! Ha le perle!

– Hai sentito? – mormorò Uei Ming guardandosi intorno. – Vedrai che adesso vengono i briganti a derubarci.

– E se vengono, – disse Cion tranquillo – li mandiamo via.

Non avevano nemmeno finito di parlare che sulla strada comparvero due omacci con dei lunghi baffoni neri che avevano in testa dei cappelloni neri e erano tutti avvolti in lunghi mantelli neri. Tutti e due avevano nelle due mani dei lunghi coltellacci che luccicavano nel buio.

– O le perle o la vita! – intimarono i due briganti con voce cavernosa.

L'imperatore impugnò la scimitarra ma, prima che avesse avuto il tempo di sguainarla, si udirono delle urla disperate: – Aaaahi! Aaaahi! – e poi si sentirono un ringhiare furioso e un soffiare rabbioso.

Il cane di Cion Cion Blu era saltato addosso a un brigante facendolo rotolare in terra e poi l'aveva azzannato a una gamba, mentre il gatto dalla spalla di Cion era balzato sulla testa dell'altro brigante, facendogli cadere il cappello e graffiandogli e mordendogli tutta la faccia.

– Aiuto! Lasciateci andare, per favore! – supplicavano i due briganti. – Non vi ruberemo più niente!

– Lo credo bene che non ci ruberete più niente! – disse Cion Cion Blu. – Sarò piuttosto io che vi porterò via i coltelli. Guarda un po'!

I quattro coltellacci, naturalmente, erano caduti e Cion si chinò a raccoglierli. Poi fece un fischio e uno schiocco e il cane e il gatto lasciarono andare i due briganti, che scapparono come lepri agitando i mantelli come le ali di due uccellacci neri.

– Che bravi, il tuo cane e il tuo gatto! – esclamò allora Uei Ming, tirando un sospiro di sollievo. – Però... – aggiunse – non abbiamo trovato il tè di gelsomino!

– Me l'ero proprio dimenticato! – rispose Cion Cion Blu. – Vedrai che adesso lo troviamo. Ma prima bisogna ricompensare Blu e A Ran Cion.

Diede al cane e al gatto gli ultimi pezzettini del suo pollo. Ma sbriciolò anche un po' di pane nella vaschetta di Bluino perché non rimanesse male.

# 6

# La casa del ciabattino

Ormai intorno non c'era più neanche una casa e la stradina, fiancheggiata da due muretti bassi, passava in mezzo a delle grandi risaie piene d'acqua. Poi i muretti cominciarono a coprirsi di lunghi rampicanti con le foglie lucenti e con tanti fiorellini bianchi.

– Che notte profumata! – disse Cion Cion Blu. – Questo profumo poi è il più buono di tutti.

– Sono i gelsomini! – esclamò felice l'imperatore. – I fiori della mia bella ragazza del fiume, i fiori del mio tè preferito.

In fondo alla stradina apparve una casina piccolissima. Era completamente coperta di foglioline verdi e di migliaia e migliaia di stelline bianche di

48

gelsomini che sembrava ci fosse nevicato. In basso c'era soltanto una porticina con un'insegna rossa, su cui era scritto in bianco: *RON FON - CIABATTINO*. In alto c'era soltanto una finestra illuminata in cui, attraverso l'intreccio fiorito di gelsomini, si vedeva una ragazza dagli occhi verdi e dai capelli neri; era vestita con un abito verde a fiorellini bianchi di gelsomino. La ragazza cantava con una vocina dolce come la marmellata di albicocche e intanto ricamava dei gelsomini su una pantofola blu orlata d'arancione.

– Che bella pantofola! – esclamò Cion Cion Blu incantato.

– Che bella ragazza! – gridò Uei Ming tutto emozionato. – È lei, è la bella ragazza del fiume!

– Cara signorina, – cominciò a dire Cion con molta gentilezza – potrei comprare quelle pantofole? E poi non avresti per caso del tè di gelsomino?

Ma prima che avesse finito di parlare, Uei Ming si era arrampicato come un gatto fino alla finestra, saltando nella stanza della ragazza. Solo che, nello slancio, inciampò sul davanzale e rotolò come un salame sul pavimento. La ragazza gettò un urlo di spavento e lasciò cadere la pantofola. Poi cominciò a gridare con una vocina da passerotto:

– Un ladro! Aiuto! Aiuto! Povera me!

L'imperatore, un po' confuso, si rialzò svelto

svelto, si tolse il berretto di pelo bianco e fece un inchino con squisita educazione.

– Non ti spaventare, signorina – disse. – Non sono un ladro, sono anzi un viandante onesto e sincero. Passavo di qui e sono inciampato nel davanzale; per questo sono caduto.

– Meno male! – disse la ragazza con un sospiro, subito rassicurata.

Perché si vedeva benissimo che l'imperatore non era un ladro e aveva anzi dei modi corretti e buoni. Poi la ragazza disse:

– Non ti sei fatto troppo male, vero? Vuoi del tè di gelsomino, così ti passa?

Uei Ming era talmente stupefatto che non riusciva quasi più a parlare.

– Proprio il tè di gelsomino! La cosa che preferisco fra tutte le cose buone del mondo! – mormorò. – Ma tu, tu come ti chiami?

– Gelsomina – rispose la ragazza garbatamente.

E con gesti gentili prese da un tavolino una teiera di porcellana e versò del tè fumante in una tazzina.

Uei Ming prese la tazzina e fece per bere, poi aspettò un momento e disse:

– Non sarà mica aranciata per sbaglio, no?

Dalla strada Cion Cion Blu gridò:

– Ce n'è anche per me di aranciata? Lo sai che è la cosa che mi piace di più!

Ma Uei Ming, che aveva assaggiato il tè, esclamò:

– Non è aranciata! È tè di gelsomino. Gelsomina! Bella Gelsomina, io voglio proprio sposarti.

La ragazza cominciò a fare tanti salti di gioia, perché quel giovane le sembrava bellissimo, anzi il più bel giovane della Cina. E disse:

– Vuoi sposarmi? Che bellezza! – e stampò un bel bacio su una guancia di Uei Ming.

Poi, battendo le mani dalla gran contentezza, domandò:

– Ma tu chi sei?

– Io... sai, – rispose Uei Ming cercando di non darsi troppe arie – sono l'imperatore.

– Mamma mia! L'imperatore! – disse Gelsomina tutta emozionata. – Ma chissà che casa grande che hai!

– Una casa? – proruppe vanitoso Uei Ming. – Ho un palazzo grandissimo tutto laccato di rosso, e poi ha il tetto d'oro, e poi le stanze sono tutte dipinte di montagne, di laghi, di fiumi, di foreste, di caverne, di tigri, di draghi, di mostri; e poi ci sono delle statue grandissime di guerrieri tutti di ferro con delle grandi spade; e poi ci sono altre statue di leoni con gli occhi infuocati, di diavoli con sei braccia, di giganti che digrignano i denti...

– Ma sei matto! – gridò impaurita Gelsomina.

– Ma non si può mica stare in una casa... in un palazzo così spaventoso!

Uei Ming, allora, timido timido, mormorò:

– Però ci sono anche delle stanze piccole, anzi piccolissime. Ce ne sono di quelle tutte dipinte di fiori, di fate, di pesciolini rossi, di uccelli di tutti i colori, e poi ci sono tanti giardinetti d'avorio e di porcellana sui tavoli, con le colline fiorite, i pini, i torrenti attraversati da ponticelli, e l'acquaiolo col cappello grande come un parasole, le donnine vestite di celeste e i gattini bianchi acciambellati...

Gelsomina si rasserenava a poco a poco. Ma, mentre l'imperatore parlava, si udì la voce di Cion Cion Blu che diceva dalla strada:

– O Uei Ming! L'hai bevuto il tè di gelsomino?

– Sì, Cion Cion Blu, e è buonissimo. Ne vuoi anche tu?

– No, preferisco l'aranciata. E adesso cosa fai? Continui a bere il tè di gelsomino?

– Ma certo! Continuo fino a domani, per sempre. Sai chi ho trovato? Lo sai?

– Ormai, – disse Cion Cion Blu – lo sanno anche i pesci. Vero Bluino?

E il pesciolino fece un guizzo fuori dall'aranciata per far capire che lo sapeva benissimo.

Intanto Gelsomina diceva tutta preoccupata a Uei Ming:

– No, non puoi rimanere! Il mio papà è severissimo. Pensa che viene tra poco e è capace di sgridare anche le persone importanti, persino di bastonarle.

– Ma perché il tuo papà è così cattivo, – domandò rattristato l'imperatore – se tu sei così buona?

– Non so perché il mio papà sia così cattivo. Si chiama Ron Fon. Forse la mia mamma era buona. Anzi, era certo la mamma più buona del mondo. Ma è morta quando io ero piccola.

E Gelsomina si mise a piangere. Uei Ming cercò di consolarla.

– Ma Gelsomina, ma non piangere, ti prego! – disse.

– Sì, certo, caro Uei Ming – rispose la ragazza asciugandosi gli occhi. – Sei proprio buono.

Intanto dalla strada Cion Cion Blu gridava:

– Quasi quasi, visto che hai trovato tutto il tè di gelsomino che volevi, io me ne vado a dormire. Se vuoi venirmi a trovare non fare complimenti, mi farai piacere, anzi. Il mio ombrello è fuori dalla città, al di là del fiume, dove ci sono i campi di aranci. Si vede subito perché è blu e arancione.

Ma l'imperatore non lo ascoltava e diceva a Gelsomina:

– Io rimango perché sono l'imperatore.

– Ma no, ma no, – e Gelsomina cominciò a piangere. – Il mio papà è tremendo. Vai via subito e quando viene gli chiederò se mi lascia sposarti. Torna domattina e tutto sarà a posto. Ciao.

– Ciao? – gridò l'imperatore furioso. – Mi dici ciao così?

– Ciao! – gridò Cion Cion Blu dalla strada, credendo che dicesse a lui. E se ne andò con Blu, A Ran Cion e Bluino.

– Ma se il tuo papà non vuole che ti sposi?! – ringhiava intanto Uei Ming. – Se non vuole?!

– Vorrà, vorrà. Figurati! Sei l'imperatore, no?

Scuotendo la testa sconsolato, Uei Ming salutò Gelsomina e saltò giù dalla finestra (tanto era bassa!). Poi cominciò a chiamare:

– Cion Cion Blu! Cion Cion Blu!

Voleva confidargli tutte le novità. Ma Cion Cion Blu non c'era più.

Però gli aveva lasciato sulla soglia della casetta il cartoccio col pollo. E l'imperatore si accorse di avere una gran fame. Così, mentre camminava verso il suo palazzo, si divorò un pollo intero cantando felice con la bocca piena.

# 7

# I due omacci grassi

Gelsomina aveva detto a Uei Ming che il suo papà stava per arrivare a casa. Invece passa un'ora, ne passano due, il papà non arrivava. Però Gelsomina non se ne accorgeva neanche perché continuava a pensare al suo bel fidanzato e se ne stava seduta sullo sgabello, davanti al tavolo da ciabattino, senza far niente. E si era dimenticata di finire il ricamo della pantofola, e si era dimenticata di far da mangiare e di preparare la tavola, e si era dimenticata di mettere dell'altro olio nella lucerna e dell'altra legna nel camino, che si erano spenti.

Finalmente, dopo tre ore, Ron Fon arrivò gridando:

– Bisogna impiccare tutti i gatti! Bisogna im-
piccarli! bisogna.

Con lui c'era un altro omaccio che urlava:

– Bisogna fare a pezzi tutti i cani! Bisogna farli
a pezzi! bisogna.

Ron Fon era un grassone con dei baffi neri e
un naso lungo e grosso che gli serviva soprattutto
per russare quando dormiva. E dormiva quasi
sempre. Si svegliava soltanto per mangiare, e mangiava quasi sempre. E quando mangiava sgridava
sempre Gelsomina. E poi la sgridava anche mentre dormiva perché sognava di sgridarla. Non
lavorava mai, e le pantofole e le scarpe le faceva
fare a Gelsomina.

L'altro omaccio era anche lui un grassone e aveva anche lui dei baffi neri. Indovina chi era? Era
Man Gion, il barcaiolo che si era mangiato quattro
gelati di Cion Cion Blu. Man Gion mangiava quasi
sempre. E quando non poteva mangiare dormiva, e
dormiva quasi sempre. Si metteva nella sua barca
e non voleva mai remare, ma aspettava che arrivasse qualcuno a dargli da mangiare. E mangiava
molto, ma molto di più del suo amico Ron Fon.

Tutti e due avevano dei cappelloni neri e dei
lunghi mantelli neri.

Quando Ron Fon aprì la porta della casina e
vide che tutto era spento, cominciò a gridare:

– Gelsomina! Stupida ragazza. Perché la lucerna non è accesa?!

– Signor padre, – rispose Gelsomina tremando dalla paura e affrettandosi a mettere dell'olio nella lucerna e a accendere lo stoppino – è entrato il vento dalla finestra e l'ha spenta.

– Ragazza sciocca e fannullona! E perché nel camino non c'è più fuoco?!

– Signor padre, – mormorò Gelsomina tremando sempre più – non... non c'era più legna.

– E quella che cos'è?! Ragazza stupidissima! –. E indicò una catasta di legna che arrivava fino al soffitto. – Adesso ti bastono!

– Signor padre, perdonami! Ma... – disse Gelsomina correndo a prendere dei pezzi di legno e cercando intanto di distrarlo – ...che cos'hai fatto che hai tutta la faccia piena di graffi e di morsi?

Ron Fon, diventando rosso dalla vergogna, strillò:

– Mi è saltato addosso un gatto... cioè, volevo dire, una tigre... ma io l'ho ammazzata.

– E – continuò Gelsomina voltandosi verso Man Gion, che zoppicava come se avesse una gamba di legno – perché zoppichi tanto, signor Man Gion?

Man Gion, che si trascinava nella stanza cercando qualcosa da mangiare, si fermò facendo finta di niente e disse:

– È stato un cane... cioè, volevo dire un lupo, che mi è venuto addosso... ma io gli ho strappato tutti i denti.

– Con che cosa gli hai strappato i denti, signor Man Gion? – disse Gelsomina, sempre cercando di sviare il discorso.

– Con le mani... – rispose Man Gion. – Cioè, col coltellaccio. Oh! – esclamò poi – ecco una bella bistecca nel sugo.

E si chinò sul catino dove c'era una suola di scarpa a rammollire nell'acqua sporca. L'afferrò golosamente e l'addentò.

– Béee! Che bistecca dura e schifosa! – gridò. E la buttò via.

Intanto Ron Fon aveva ricominciato a strillare:

– Gelsomina! Ragazza senza cervello! Perché la mia tavola non è ancora preparata?

– Signor padre, – si scusò la povera ragazza – avevo tante pantofole da ricamare!

– E dove sono tutte queste pantofole che hai ricamato?

Ti puoi immaginare! A star lì a pensare al suo Uei Ming non ne aveva finita neanche una!

– Questo è tutto il lavoro che hai fatto, pigrona che non sei altro!? – urlò Ron Fon furioso.

– Signor padre!... Devo dirti che è venuto un signore... lì fuori... – diceva Gelsomina cercando di distrarre il suo terribile papà.

Man Gion intanto aveva trovato una bottiglia piena di un liquido rosso.

– Meno male che c'è del vino! – disse soddisfatto. E ne bevve una lunga sorsata.

Ma subito sputò tutto fuori gorgogliando con voce soffocata:

– Ma è aceto! brutto diavolo.

– Gelsomina! Ragazza scimunita! – continuava a berciare Ron Fon. – Perché il mio risotto non è pronto?!

– Signor padre... e poi quel signore, dalla strada, ha cominciato a chiedere se poteva comperare le pantofole blu... e io...

Intanto Man Gion stava sputando di nuovo perché aveva addentato un pezzo di sapone credendo che fosse formaggio.

– Perché non hai cucinato il mio baccalà?! – continuava Ron Fon sempre più furioso.

– Signor padre... e poi ho detto... – rispondeva Gelsomina.

– Perché non hai farcito la mia oca?!

– Signor padre... e lui ha detto...

– Perché non hai arrostito la mia costata di manzo?!!

– Signor padre... i gelsomini delle pantofole non erano...

– E il mio tè di gelsomino, – urlò con quanto fiato aveva – chi l'ha bevuto?! Questa volta ti basto, ti basto davvero.

E impugnò un bastone nodoso, mentre Man Gion tossiva come se soffocasse, perché aveva inghiottito una cucchiaiata di sale credendo che fosse zucchero.

Ron Fon menò una gran bastonata, ma Gelsomina con un salto riuscì a schivarla. Soffiando di rabbia il padre stava per dare un secondo colpo - e questa volta la povera Gelsomina l'avrebbe preso - quando si udì in strada un vocione che diceva:

– Ron Fon, dannato pelandrone! aprimi subito, se no sfondo la porta.

Ron Fon posò subito il bastone e, diventando improvvisamente buono buono, esclamò tutto allegro:

– Vengo subito! Vengo – e si precipitò giù per la scaletta.

Intanto Man Gion, per la paura, aveva inghiottito una pallina di pece nera che si era messo in bocca pensando che fosse liquerizia.

# 8

# L'omaccione
# vestito di nero

Poco dopo che Ron Fon era sceso a aprire, le scale scricchiolarono sotto il peso di un omaccione che stava entrando e che quasi non passava dalla porta.

Era grande come un gorilla e grosso come un bue. Aveva degli occhi rabbiosi, un nasone a patata rosso come un peperone e due baffoni neri che gli scendevano fino alla pancia. Le sopracciglia sembravano due cespugli neri e la bocca era larga e dentata come quella di un lupo. Le sue manone sembravano due grosse bistecche e i piedoni erano grandi come due prosciutti. Sul suo vestito tutto nero c'erano dei draghi verdi che soffiavano fuoco dalle narici. Aveva alla cintura uno spadone di ferro, alto quasi come lui, che mentre camminava batteva in terra facendo *bang bang*. Quell'omaccione si chiamava Brut Bir Bon.

Appena entrato, guardò Gelsomina e disse, con il suo vocione rimbombante:

– Com'è bella! – e rise aprendo la bocca che pareva quella di un pescecane.

– Com'è brutto! – strillò la povera Gelsomina.

– Come fai a sapere il mio nome, bella ragazza? – tuonò l'omaccione. – Chi ti ha detto che mi chiamo Brut? Avevo proibito... cioè, avevo pregato tuo padre di non dirti niente.

– Non le ho detto niente! – si affrettò a dire Ron Fon. – Se l'è immaginato da sola. Anzi, la stavo bastonando... cioè, le stavo dicendo che prestissimo si sposerà, ma senza dirle chi è il fidanzato. Sei contenta di sposarti, Gelsomina? – aggiunse poi, con finta gentilezza.

Gelsomina, felice come una pasqua, subito credette che, non so, l'imperatore avesse magari incontrato il suo papà e l'avesse chiesta in moglie. Gridando di gioia, allora, esclamò:

– Oh, sì, sì. Che bellezza! Che bellezza!

Ma non sapeva, poverina, che quel brigante di suo padre voleva farla sposare a Brut Bir Bon. E anzi l'omaccione, pensando che tutto fosse a posto, con una voce che lui credeva fosse gentile e che invece sembrava una scossa di terremoto, disse:

– Diamo un bacio alla fidanzata.

Chiuse gli occhi e cercò di abbracciare Gelsomina. Ma lei sgusciò via svelta e Brut Bir Bon abbracciò al suo posto un lungo trespolo, che era proprio dietro di lei, su cui erano appese scarpe e pantofole. E diede un bel bacione a una suola di scarpa. Gelsomina intanto, tremando come una foglia, si era rincantucciata in un angolo.

Poi Brut Bir Bon si voltò verso gli altri due omacci e, aggrottando le sopracciglia nere, tuonò:

– Dove sono le perle?!

Ron Fon, con voce fioca, rispose:

– Non ne aveva di perle! Vero Man Gion?

Man Gion fece di sì con la testa perché non poteva parlare. Si era riempito la bocca di colla di farina credendo che fosse crema.

– Maledizione! – ruggì Brut Bir Bon. – E dove avete messo i coltellacci?

Tutti e due, svelti svelti, presero il primo arnese che trovarono sul deschetto da ciabattino e risposero insieme:

– Eccolo. Eccolo.

– Questo – abbaiò l'omaccione – non è un coltellaccio, è un trincetto per tagliare le suole delle scarpe, e questa è una lesina per fare i buchi nel cuoio. E poi voi ne avevate due per uno. Dove sono i coltellacci?!

– Io – balbettò Ron Fon – ho incontrato un leopardo...

– Avevi detto una tigre – mormorò Gelsomina.

– Sì, era una tigre... – e Ron Fon le lanciò uno sguardo bieco – e l'ho ammazzata piantandole i due coltellacci nella pancia.

– E perché non li hai ripresi i coltellacci? – grugnì Brut Bir Bon.

– Perché è scappata!

– Ma non era morta? – esclamò furioso l'omaccione.

– Era morta, ma scappava lo stesso... volevo dire...

– E tu? – urlò Brut Bir Bon a Man Gion.

Questa volta Man Gion aveva tutti i denti pieni

di cera, che aveva addentato sperando che fosse zucchero caramellato.

– Io... mm... mm... ho incontrato... mm... un lupo e l'ho infilzato... mm... coi coltelli e lui... mm... è scappato anche lui... mm... coi miei coltelli benché fosse bell'e morto.

E cominciò a sputare la cera gemendo: – Béee! quante porcherie! Ma non c'è proprio niente di buono da mangiare, in questa casa!

Ormai hai capito benissimo chi erano Brut Bir Bon, Ron Fon e Man Gion. Erano dei briganti e formavano la tremenda banda dei *Baffoni neri*. Anzi, Ron Fon e Man Gion erano stati i due briganti che avevano cercato di assaltare Cion Cion Blu e l'imperatore per rubargli le perle e che poi erano scappati a gambe levate, talmente lontano che ci avevano messo tre ore a tornare indietro.

Brut Bir Bon era il capo brigante e era stato lui a ordinare a Ron Fon e a Man Gion di mettersi in agguato nelle casupole di fianco alla stradina appena si era accorto che Uei Ming passava di lì.

Ma come mai Brut Bir Bon sapeva che l'imperatore aveva tante perle in tasca?

Adesso ti spiego un mistero. Ti ricordi che l'imperatore buttava le perle nel fiume perché, quando raggiungevano il fondo, appariva per incantesimo l'immagine di Gelsomina? E ti ricordi anche che a un certo momento, benché Uei Ming continuasse a buttare le perle nel fiume, l'immagine non era più apparsa?

Bene. Devi sapere che Brut Bir Bon una volta aveva spiato da lontano l'imperatore che buttava le perle nell'acqua e aveva pensato: «Se quelle perle me le prendessi io potrei diventare un riccone». Ma siccome il fiume era troppo fondo e non si poteva andare a ripescarle, aveva dato ordine a Ron Fon e a Man Gion di stendere nell'acqua, durante la notte, una grande rete. Dopo di che, l'imperatore aveva un bel buttare le perle! Non vedeva più niente perché finivano nella rete e non arrivavano mai in fondo al fiume. Ogni notte, poi, i tre briganti ritiravano la rete e si spartivano le perle.

Naturalmente Brut Bir Bon se ne prendeva molte di più: ogni dieci perle per sé ne dava una agli altri due briganti. Ma Ron Fon e Man Gion non protestavano mai, perché avevano una paura matta di Brut Bir Bon.

– Mentre voi vi facevate rubare i vostri coltellacci, – tuonò Brut Bir Bon lanciando ai due compari un'occhiataccia sprezzante – io ritiravo le perle dal fiume. Eccole qui!

E cavò di tasca un sacchetto pesante.

– Quante perle! Che bel bottino! – gridarono contentissimi Ron Fon e Man Gion.

– Ma siccome voi non siete stati capaci di far niente, – continuò Brut Bir Bon con voce rimbombante – me le terrò tutte io. E adesso pensiamo alle future nozze.

Sedette sul panchetto, che per poco non andò in frantumi, e si voltò verso Gelsomina che se ne era rimasta sempre nel suo angolo sperando che nessuno si accorgesse di lei.

– Bella Gelsomina, sei proprio bella! Proprio una bella, bella ragazza! Sono proprio soddisfatto di sposarti.

– Sposarmi!? –. E Gelsomina spalancò gli occhi spaventata.

– Non essere troppo commossa di felicità! – rise Brut Bir Bon spalancando la sua boccaccia. – Domani ci sposiamo e allora sarai la moglie più felice della Cina. Pensa che fortuna per te diventare la moglie di Brut Bir Bon!

Ma Gelsomina aveva cominciato a gridare:

– No, no, non ti sposerò. Sposerò un uomo cento volte, mille volte, un milione di volte migliore di te!

Brut Bir Bon spalancò gli occhi stupefatto e sdegnato. Poi cominciò a digrignare i denti e allora Ron Fon, temendo il peggio, cominciò a strillare:

– Tu, stupidissima ragazza, sposerai chi voglio io. Tu sposerai Brut Bir Bon e non ti lascerò sposare mai e poi mai nessun altro. Nemmeno se ti chiedesse in moglie l'imperatore in persona!

Naturalmente Ron Fon aveva detto così per dire, perché non poteva immaginarsi che sua figlia si era fidanzata proprio con l'imperatore. Ma Gelsomina non lo sapeva e allora divenne pallida come un lenzuolo di bucato e mormorò:

– Nemmeno se mi chiedesse l'imperatore?!

Poi lanciò un urlo e si mise a piangere come una fontana.

– No, te non ti sposerò! – gridava in faccia a Brut Bir Bon che diventava sempre più minaccioso. – Non ti sposerò mai! mai! mai! brutto mostro nasuto e peloso! Nemmeno se mi picchiassi, se mi frustassi, se mi bastonassi...

Brut Bir Bon si era alzato in piedi, grande come una montagna, lanciando fulmini dagli occhi.

– Questa ragazzetta, – grugnì con disprezzo – ha bisogno di una buona lezione. Ron Fon, dammi un bastone e prendine uno anche tu. E anche tu Man Gion.

– Ho trovato del miele! Aspetta un momento! – rispose Man Gion, mentre si cacciava in bocca una gran cucchiaiata di un liquido denso che aveva scoperto per caso in un barattolo.

Ma subito cominciò a fare dei versacci, a tenersi il collo, a stralunare gli occhi come se affogasse.

– Bestia! – urlò Brut Bir Bon facendo rintronare

le pareti. – Prendi il bastone o bastono anche te.

Man Gion, barcollando e sbavando per tutta la stanza, andò a prendere un bastone anche lui farfugliando:

– Era... glu glu... colla liquida... glu glu...

– Adesso – ordinò Brut Bir Bon, col suo vocione da terremoto – la bastoniamo tutti e tre di santa ragione. Così imparerà a fare la smorfiosa.

E i tre omacci alzarono insieme i tre grossi bastoni pronti a scaraventarli sulla povera ragazza, che si lasciò cadere in terra piangendo come una disperata.

# 9

# Il fantasmino burlone

I tre briganti avevano appena alzato i bastoni per darle di santa ragione alla sventurata Gelsomina, quando si udì un ululato terrificante saettare nel cielo notturno e precipitare dalla cappa del camino. Il fuoco del focolare si spense, la lucerna si spense, nell'aria buia turbinò una ventata e si vide un bagliore biancastro girare velocissimo tutt'attorno, mentre una lunghissima risata di scherno si spandeva nella stanza.

Stupefatti e impauriti, i tre omacci erano rimasti fermi, coi bastoni in aria.

Ma subito cominciarono a dimenarsi come dei matti, perché Brut Bir Bon sentì come se tantissimi chiodi acuminati gli stessero bucando la testa, il naso e le guance, mentre Ron Fon e Man Gion si sentivano fare un solletico insopportabile sotto le ascelle, nella pancia, sotto il mento.

– Chi è che... ahi!... mi buca... ahi!... la testa!! – urlò con la sua voce rombante Brut Bir Bon.

– Chi è che... hahaha... mi fa hihihi... il solletico!! – cercavano di gridare i due compari.

– Sei tu... ahi!

– Sei tu... hihihi!

– Sei tu... hahaha!

Ciascuno dei tre pensava che fossero gli altri due a bucargli la testa o a fargli il solletico.

E cominciarono tutti e tre a darsi delle bastonate furibonde tra di loro.

Gelsomina, che era già abbastanza spaventata per conto suo, quando aveva udito l'ululato si era tutta raggomitolata nel suo angolino tremando, battendo i denti e chiudendo gli occhi.

Ma a un certo momento sentì qualcosa che le svolazzava vicino e una vocina che le diceva:

– Scappa svelta, Gelsomina. Scappa dalla finestra, tenendoti ai rampicanti. Scappa mentre quei tre briganti si bastonano.

Gelsomina aprì gli occhi e nel buio le parve di vedere un uccellino col becco a punta che batteva le ali davanti al suo viso. Poi l'uccello sparì nel buio della camera e subito si sentì Brut Bir Bon che gridava:

– Ahiaa!... Avete ricominciato a bucarmi la testa!
E giù bastonate sugli altri due briganti.

Pian pianino, cercando di non farsi vedere,
Gelsomina si avvicinò alla finestra, la scavalcò e,
aggrappandosi ai rampicanti, si calò svelta svelta
nella strada e poi subito si mise a correre.

«Andrò al palazzo dell'imperatore» pensava
mentre correva sulla stradina. «Lui mi proteggerà
da tutti questi malandrini.»

Intanto, nella stanza, i tre briganti si erano dati
tante di quelle bastonate che erano finiti in terra
pesti e intontiti. Soffiavano come dei mantici.

Ma appena cominciarono a capire qualcosa, si
accorsero che il bagliore biancastro che li aveva

tanto spaventati era un fantasma, e si spaventarono ancora di più.

Come hai già immaginato, quello era lo stesso fantasmino mattacchione che, insieme al picchio rosso, era andato a trovare Uei Ming per incarico della fata Valentina Pomodora. Era stato lui a ululare, a spegnere il fuoco e la lampada, a ridere e a fare il solletico a Ron Fon e a Man Gion, mentre il picchio rosso beccava Brut Bir Bon sulla testa.

Ora stava facendo delle capriole nell'aria ridendo a crepapelle.

– Hahaha! – sghignazzava. – Ve le siete date voi le bastonate, brutti briganti baffuti, invece di darle a Gelsomina. Che bello spettacolo! ...hahaha!

Il picchio rosso, posato sul davanzale, lo sgridava seccato:

– Smettila di fare il buffone! Vieni via, perditempo che non sei altro.

Ma il fantasma piccolino era scivolato con un guizzo nella dispensa e ne era uscito con un canestro pieno di uova.

– Delle uova da mangiare! – esclamò Man Gion spalancando occhi e bocca.

Ma un uovo gli cadde in mezzo alla testa spiaccicandosi e colandogli sulla faccia. Perché il fantasmino, svolazzando, aveva cominciato a buttare una dopo l'altra le uova in testa ai briganti.

I tre omacci, allora, impugnarono di nuovo i bastoni e cercarono di bastonare il fantasmino. Ma naturalmente i bastoni lo trapassavano senza fargli niente.

Il picchio rosso, però, aveva perso la pazienza e, volando diritto come una freccia, andò a beccare le mani bianche da fantasma del fantasmino che, strillando – Ahi! Ahi! –, lasciò andare il cestino con tutte le uova sulla testa di Brut Bir Bon.

L'urlo che lanciò il capo brigante sembrò un boato, mentre una quantità di uova rotte gli colava dappertutto. Il fantasmino sparì attraverso la finestra inseguito dal picchio che continuava a punzecchiarlo.

Malconci e sputando rabbia e gusci di uova, i briganti cominciarono a muoversi a tentoni. Ron Fon accese la lucerna e i tre si guardarono: sembravano delle frittate. E la frittata più gialla era Brut Bir Bon!

– Diavolo! demonio! furia!! maledizioneee!! – urlò tuonando.

E, per il rimbombo, si staccò un pezzo di soffitto che cadde sulla sua testa. E ci rimase come un cappello, incollato al tuorlo delle uova.

– Venite qui, – muggì – che confabuliamo.

Gli altri due si avvicinarono e cominciarono a

tramare le più tremende vendette, non sapevano bene contro chi.

Ma, senza farsi accorgere, il fantasmino era tornato di nuovo, probabilmente inventando chi sa che cosa per liberarsi dal picchio rosso. S'infilò di soppiatto nella stanza, vide i briganti che parlottavano tra loro e subito cominciò a schiamazzare:

– Correte! Correte da questa parte. Gelsomina è scappata di qui! –, e schizzò fuori dalla finestra.

I briganti, accorgendosi in quel momento che Gelsomina era scomparsa, corsero dietro al fantasmino saltando fuori dalla finestra. E tutti e tre nella gran fretta, come Uei Ming, inciamparono nel davanzale. Solo che Uei Ming stava entrando nella stanza, mentre loro uscivano nella strada. E caddero davanti alla casetta come tre grossi sacchi di patate.

Intanto il fantasma piccolino volava lontano gridando:

– Ahi! Ahi! Ahi!

Perché il picchio rosso continuava a beccargli la testa per punirlo di aver perso tanto tempo. E questo, come vedrai, avrebbe provocato molti guai. Difatti, nel frattempo, Gelsomina aveva perso la strada e né il picchio rosso, né il fantasma piccolino potevano più aiutarla.

# 10

# La foresta impenetrabile

Scappa e scappa, Gelsomina credeva di essere sempre più vicina al palazzo dell'imperatore e invece era sempre più lontana, perché aveva sbagliato strada.

L'aveva sbagliata perché non era mai stata in città e non sapeva da che parte si dovesse andare per arrivarci. Ora, devi sapere che, mentre stava vicino alla finestra a ricamare i gelsomini sulle pantofole, ogni tanto guardava fuori. E così aveva visto che la stradina da una parte andava in mezzo alle risaie e alle casupole nere, mentre dall'altra si allungava tra i campi, tutti azzurri di fiori di lino, fiancheggiata da due filari di melograni pieni di fiori rossi.

E lei aveva sempre pensato che non fosse dalla parte delle risaie e delle casupole nere che si andasse in città, mentre si andava proprio da quella, ma che si andasse dalla parte dei melograni e dei campi di lino, perché erano molto più belli. Anzi, credeva che la stradina tra i melograni fosse un viale, addirittura che fosse proprio il viale che portava al palazzo dell'imperatore, e invece portava in mezzo alla campagna. E era proprio da questa parte che si era messa a scappare.

Mentre correva, Gelsomina arrivò in un grande frutteto. Era ormai notte profonda, ma nel cielo c'era una luna piena che illuminava tutto e si vedeva quasi come di giorno. Nel frutteto c'erano susini e mandorli e ciliegi e meli e peri tutti coperti di fiori bianchi che era una meraviglia.

«Questo» pensò la ragazza un po' riconfortata, «è certo il giardino del palazzo di Uei Ming, talmente è bello.»

E tutta contenta si mise a camminare, invece di correre, perché non aveva più fiato.

La stradina attraversò un ponticello di legno che scavalcava il fiume e Gelsomina si trovò in mezzo ai campi di nespoli fioriti di bianco, poi nei campi di peschi fioriti di rosa, poi nei campi di mandarini fioriti di bianco, poi si trovò in mezzo ai campi di aranci. La terra, qui, era arancione e i tronchi, i rami e le foglie degli alberi sembravano proprio blu. Ma i fiori erano bianchi.

In mezzo agli alberi, la ragazza vide un grande ombrello blu e arancione. Era l'ombrello di Cion Cion Blu, che dormiva pacificamente nel suo letto blu e arancione su cui si era raggomitolato il gatto. Il cane invece dormiva sul tappetino vicino al letto e il pesciolino nella sua vaschetta sul comodino.

Ma Gelsomina non sapeva che lì c'era Cion Cion Blu, se no sarebbe andata a svegliarlo per chiedergli dov'era il palazzo di Uei Ming; e poi credeva proprio che quello fosse il giardino imperiale.

Così continuò a camminare, pensando:

«Però, com'è grande questo giardino! E com'è lungo questo viale! Non finisce mai».

E invece finì; ma non finì davanti al palazzo, finì in mezzo a una foresta.

Quando arrivò tra i primi alberi la ragazza pensò:

«Questo deve essere il parco del palazzo imperiale».

E camminò ancora. Ma la foresta diventava buia, sempre più buia, e Gelsomina non se ne accorgeva nemmeno. Era una foresta impenetrabile di alberi giganteschi, alberi grandi come case e alberi alti come campanili. E c'erano liane lunghe come funi di teleferiche e foglie larghe come tovaglie e poi tanti cespugli fitti e erba alta.

Quando la ragazza si accorse che aveva sbagliato strada provò a tornare indietro e la sbagliò ancora di più. Era disperata e piangeva, piangeva, povera Gelsomina.

Ora camminava piano piano, tenendo le mani davanti perché non ci vedeva quasi niente, e ogni tanto inciampava nei cespugli e poi sentiva dei rami strusciarle sulla faccia e persino delle spine che la pungevano; e poi finiva contro gli alberi e non sapeva più dove andare.

Però un filo di speranza Gelsomina l'aveva ancora. Sperava, povera lei, che la foresta potesse magari essere il grandissimo parco del palazzo di Uei Ming.

A un tratto, nel buio, vide tra gli alberi quattro enormi soldati fermi, che pareva stessero proprio agli angoli di un quadrato. Avevano delle armature d'argento e degli spadoni che tenevano davanti a loro con la punta appoggiata in terra. Fissavano Gelsomina con occhi lucenti che si muovevano come se fossero nell'acqua. Le loro facce erano bianche come lenzuola.

Un po' intimorita, ma non spaventata, quella brava ragazza si rincuorò subito pensando:

«Queste sono certo le guardie del palazzo imperiale».

E ecco che i quattro soldati cominciarono a parlare con voce echeggiante.

– Di qui non si passa! Di qui non si passa!

– Signori soldati, – disse cortesemente Gelsomina avvicinandosi a loro – lasciatemi passare, che sono la fidanzata dell'imperatore.

I quattro soldati guardarono Gelsomina con occhi severi e alzarono le spade incrociandole fra loro.

– Di qui non si passa! – gridarono tutti assieme. – Di qui non si passa!

Ma Gelsomina era così vicina che si accorse di una cosa: i quattro soldati erano trasparenti.

– Ma voi siete dei fantasmi! – esclamò arrabbiata.

Provò a toccare la pancia di un soldato e la mano passò attraverso. Gelsomina non aveva nessuna paura dei fantasmi, perché sapeva che sono fatti di niente.

– Non siamo dei fantasmi! – protestò il soldato. – Non vedi che non siamo fatti di lenzuola? Siamo degli streppi!

– Stupido! Cretino! Scemo! – gridarono gli altri tre soldati dandogli un calcio. – Non si dice *streppi*, si dice *spettri*!

Gelsomina allora scoppiò a ridere, dicendo con impertinenza:

– Ma se non siete fatti di lenzuola, però siete tutti bianchi come delle lenzuola.

– Che cosa c'entra! – si irritò il primo soldato. – Noi siamo degli streppi, cioè degli spettri, e allora tu devi spaventarti e scappare.

– Ma io non mi spavento mica! – disse Gelsomina mettendosi a camminare attraverso i loro corpi senza corpo. – Lo so benissimo che anche voi siete fatti di niente.

I quattro spettri cominciarono a dare dei gran colpi di spadone gridando:

– Spavèntati! Devi spaventarti! Non devi passare! Non devi passare!

Ma, man mano che passava in mezzo ai loro corpi senza corpo, i soldati sparivano. Finché

Gelsomina si trovò di nuovo in mezzo al buio.

E ricominciò a piangere, perché questa volta aveva capito che si era perduta davvero. Ma dopo un po' quella brava ragazza pensò che un momento o l'altro la foresta sarebbe finita, e allora non pianse più e continuò a camminare, a camminare.

E ecco apparirle proprio di fronte addirittura un esercito di arcieri a cavallo che galoppavano verso di lei urlando e lanciando migliaia di frecce in aria. Davanti c'era il comandante che, alzando una lunga sciabola, gridava:

– Scappa! scappa! pazza di una ragazza, che finirai sotto gli zoccoli dei nostri cavalli! Siamo un esercito grande come la foresta! Via! Scappa! scappa!

E tutti gli arcieri, continuando a lanciare migliaia di frecce, urlavano in coro:

– Scappa! scappa! scappa!

E la foresta rimbombava come se fosse stata attraversata da un uragano.

Ma Gelsomina fin da lontano aveva visto che i cavalli e gli arcieri, gli archi e le frecce erano tutti bianchi e trasparenti e che gli occhi degli arcieri e dei cavalli si muovevano come se fossero nell'acqua. E allora, sia pure con un po' di timore per il gran trambusto, continuò a camminare diritta incontro all'esercito.

E man mano che l'attraversava, l'esercito spariva. Ma non finiva più e gli arcieri continuavano a urlare:

– Scappa! scappa! scappa!

«Però» pensò Gelsomina un po' intontita da quella confusione «con tutti questi spettri che fanno luce, almeno ci vedo.»

Così poteva camminare più svelta, senza inciampare e senza finire contro gli alberi.

Ma anche l'esercito galoppante finì e la ragazza ricominciò a muoversi a tentoni. Stava per ricominciare a piangere, quando vide un raggio di luna che scivolava diritto tra gli alberi altissimi.

Avvicinandosi si accorse che il raggio illuminava un vecchietto con una lunga barba bianca, avvolto in un mantello bianco, che se ne stava rannicchiato come un sacco di stracci. La faccia era pallida come un lenzuolo e gli occhi si muovevano come se fossero nell'acqua.

«Toh! Un altro spettro», pensò Gelsomina. «Chissà cosa mi dirà?»

– Vattene via! Vattene via! – strillò il vecchietto con voce tremolante. – Sei una bella indiscreta. Via! sciò, sciò, che devo restare solo.

Ma Gelsomina, che proprio non ne poteva più di star sola e al buio, si avvicinò dicendo:

*Davanti c'era il comandante che, alzando una lunga sciabola, gridava: – Scappa! scappa!*

– Non fare troppo lo scontroso, caro nonnino; tanto lo so che sei uno spettro.

E con molta impertinenza, gli mise una mano sul naso. Ma questa volta si spaventò veramente perché si trovò in mano un naso vero. Subito si tirò indietro, mentre il vecchietto soffiava e tremava tutto di rabbia.

– Maleducata! Impertinente! Screanzata che non sei altro! – gridò. – Dovresti vergognarti a mancare di rispetto a un povero eremita che se ne sta tranquillo a prendere la luna senza dar fastidio a nessuno!

– Oh, scusami! – mormorò dispiaciuta Gelsomina, ma anche rasserenata perché finalmente aveva trovato una persona vera. – Scusami tanto! Ho visto una tale quantità di spettri fino adesso, che ho scambiato anche te per uno spettro. E poi... hai la faccia così pallida!

– Ho la faccia pallida, – protestò inviperito il vecchietto – perché qui di sole non ne arriva mai, soltanto un po' di luna.

– E – continuò Gelsomina, sempre più vergognosa – hai anche gli occhi che sembrano nell'acqua...

– Tutti i vecchi, tutti i vecchi – rispose con stizza il vecchietto – tutti hanno gli occhi che sembrano nell'acqua. E adesso fammi il favore, via! Sciò, sciò!

– Sì, signor eremita – disse Gelsomina piena

di speranza. – Però dovresti essere così cortese da dirmi da che parte devo andare per arrivare al palazzo dell'imperatore.

– No, no, non te lo dico perché sei stata troppo maleducata, – rispose, sempre stizzoso, il vecchietto.

– Ti chiedo perdono, nonnino, sono una povera ragazza senza mamma.

– Vuoi commuovermi, eh? Ma io non mi lascio commuovere. No, no – rispose il vecchietto testardo.

– Oh, caro nonnino, se mi indichi la strada, ricamerò sul tuo mantello tanti fiori di gelsomino.

– Vuoi impressionarmi con l'eleganza, eh? No, nemmeno per sogno! –. Ma sembrava un po' meno caparbio.

– Oh, nonnino caro, – disse Gelsomina con un sospiro – sei il più bello di tutti i nonnini del mondo!

– Beh! – borbottò il vecchietto un po' meno burbero. – Questa volta hai detto una cosa gentile, anzi, una cosa vera. Beh, – continuò – un po' ti perdono, ma un po' no. Allora io ti insegno la strada sbagliata e tu fai tutto all'incontrario.

– Sì, signor eremita – rispose la ragazza confusa.

– Allora, la strada giusta per arrivare al palazzo dell'imperatore è quella – e indicò un ruscello gorgogliante. – Se tu cammini sempre vicino al ruscello da quella parte, ci arrivi. Però la strada è lunga. Da quella parte, hai capito?

– Sì, signor eremita – disse Gelsomina sempre più confusa. – Ma quella è la strada giusta o quella sbagliata?

– Ti avevo detto che ti indicavo la strada sbagliata, no? – rispose l'eremita di nuovo stizzito, – e che tu devi fare tutto all'incontrario, no?

– Sì, signor eremita – rispose Gelsomina con un filo di voce – ma poi mi hai detto che mi indicavi la strada giusta.

– Però ti avevo avvertito che era quella sbagliata, no? – disse l'eremita sempre più indispettito.

Gelsomina era talmente confusa che non sapeva proprio da che parte andare.

– Sì, signor eremita – rispose.

– E adesso lasciami in pace.

Il vecchietto si raggomitolò nel suo mantello bianco, voltando la faccia dall'altra parte, ossia verso il raggio di luna.

Gelsomina rimase un momento lì senza sapere che cosa fare.

Poi piano piano si mise a camminare vicino al ruscello dirigendosi dalla parte opposta a quella che l'eremita le aveva indicato. Poi pensò però che il vecchietto aveva anche detto che la via giusta era quell'altra e ritornò sui suoi passi, avviandosi proprio nella direzione che l'eremita le aveva detto. E sbagliò strada ancora una volta.

E camminò vicino al rumore del ruscello, nel buio della foresta, senza veder più nemmeno uno spettro, né un raggio di luna. Stava per ricominciare a piangere di scoramento e di stanchezza, quando si accorse che gli alberi si diradavano e che i raggi della luna scivolavano tra il fogliame come grosse corde d'argento.

La foresta era finita e Gelsomina si trovò davanti a una grande prateria d'erba soffice di cui non si vedeva la fine.

In mezzo alla prateria, tutto illuminato dalla luna, c'era un lago che pareva d'argento e in mezzo al lago c'era un'isola coperta di alberi di magnolia carichi di grandi fiori bianchi.

Sulla riva dell'isola si vedeva una casina tutta bianca con una veranda dalle tendine bianche che sporgeva sull'acqua.

Nella casina c'erano tanti lumini verdi e dal suo comignolo usciva un filo bianco di fumo.

*Sulla riva dell'isola si vedeva una casina tutta bianca
con una veranda dalle tendine bianche.*

# 11

# L'isola delle magnolie

Quando la povera Gelsomina uscì dalla foresta, era quasi mattina. Era così stanca che stava per cadere in terra. Ma continuò a camminare sul prato finché arrivò in riva al lago.

Guardò da tutte le parti per vedere se c'era una barca per poter arrivare fino all'isola, ma non ce n'era nemmeno una. Però intanto vide che i lumini verdi dietro ai vetri della casina si muovevano a due a due, chissà perché.

«Con tutti quei lumini» pensò «chissà quanta gente deve esserci in quella casina.»

E allora provò a chiamare più forte che poteva. Ma nessuno rispose. Forse perché la sua voce, anche quando gridava, era una vocina sottile.

O forse perché la casina era troppo lontana. Ma proprio non era possibile che non ci fosse nessuno. Anzi, appena si era messa a gridare, tutti i lumini verdi avevano cominciato a muoversi molto più svelti, sempre a due a due, chissà perché. Eppure nessuno rispose.

Mentre gridava, però, lontano lontano nella prateria, dall'altra parte del lago, Gelsomina vide apparire a un tratto una lunga fila di luci tremolanti che si avvicinavano a poco a poco.

Quando le luci furono un po' più vicine, la ragazza si accorse che erano tanti lanternini appesi a dei bastoni che tanti omini reggevano a due a due sulle spalle. Gli omini, benché fossero cinesi, camminavano in fila indiana. Avevano dei vestiti di tutti i colori: blu, rossi, verdi, gialli, e dei grandi cappelli a parasole. Coi lunghi bastoni, reggevano infilati per i manici dei pentoloni fumanti.

Gelsomina si sentì subito talmente rincuorata che non si accorse più di essere stanca, e subito cominciò a correre lungo la riva del lago chiamando con quanto fiato aveva. Correva e correva, ma il lago era grande e i cinesini erano lontani. E continuarono a camminare senza accorgersi di lei finché, dopo essersi avvicinati al lago, si allontanarono dalla parte opposta.

La ragazza si mise a correre ancora più forte, ma a un certo momento si trovò davanti a un fiume che usciva dal lago. E intanto la lunga fila di luci tremolanti era sparita, a un tratto, come era apparsa. La povera Gelsomina allora cominciò a piangere, guardandosi intorno.

E vide una barchetta tutta dipinta di bianco, con una piccola vela bianca, vicino alla riva. Ma non era vicina alla riva dov'era lei, era vicina alla riva dell'isola. E allora si mise a piangere ancora più forte, gridando con la sua povera vocina:

– Ho fame! Sono stanca! Ho sonno! Sono sola! Mi fa male dappertutto! Come faccio? Come faccio? Povera me...

E le lacrime scivolavano nell'acqua tra le onde piccolissime del lago che si rompevano sulla riva con suoni argentini, leggeri come sospiri. Erano talmente tante le lacrime che, al chiarore della luna, scintillavano come lucciole.

Ma mentre piangeva, ecco che dalla foresta ormai lontana si alzò una lunga nube di migliaia e migliaia di puntini di luce che avanzò volando nell'aria e si avvicinò rapida alla vela bianca e la gonfiò come se fosse stata di vento. E la barca cominciò a scivolare sull'acqua verso Gelsomina, che smise subito di piangere.

La barchetta, nel silenzio del lago, arrivò proprio

davanti a lei che subito vi montò, guardando la nube luminosa.

Allora si accorse che era uno sciame di migliaia e migliaia di lucciole che roteava senza mai fermarsi e che appena lei fu salita, cominciò a turbinare sempre più veloce gonfiando la vela. E la barchetta girò piano piano su se stessa scivolando di nuovo verso l'isola.

Quando la chiglia della barca strusciò sulla riva dell'isola, lo sciame di lucciole si alzò nell'aria allargandosi come una nube di stelle e volò di nuovo verso la foresta dove scomparve tra gli alberi neri.

Gelsomina allora scese dalla barchetta e si avviò verso la casina. In terra c'era una sabbia fine e bianca da cui si alzavano gli alberi di

magnolia dalle foglie lucenti e dai fiori profumati.

Quando arrivò a pochi passi dalla casina bianca, quella brava ragazza cominciò a dire molto educatamente:

– Permesso? Si può? Per favore, posso entrare?

Ma nessuno rispose.

«Eppure», pensava, avvicinandosi sempre più, «si vede benissimo che ci sono tanti lumini luccicanti. E poi dal camino esce del fumo bianco. Ci sarà bene qualcuno!»

Ma quando fu proprio vicina e poté guardare attraverso i vetri delle finestre, si accorse che quei lumini verdi non erano altro che gli occhi di tanti gatti che, come sai benissimo, quando è buio luccicano proprio come dei lumini. Ora hai capito perché quei lumini si muovevano a due a due.

I gatti erano dieci e erano tutti bianchi. In quel momento si erano messi in fila davanti ai vetri delle finestre a guardare Gelsomina coi loro occhi lucenti, miagolando piano piano. Lei, allora, salì sulla veranda che sporgeva verso il lago e che aveva le tendine bianche tutte aperte, e si avvicinò a una porticina.

– Permesso? – disse ancora una volta, molto gentilmente.

Ma le risposero soltanto i *miao miao* dei gatti bianchi. Allora aprì la porticina e entrò in uno stanzone buio, mentre i gatti le correvano intorno tutti contenti facendo le fusa.

Subito si chinò a accarezzarli e i gatti le leccarono le mani. Poi si guardò intorno e vide che lo stanzone era tutto bianco e quasi vuoto. C'erano soltanto un tavolo e uno sgabello di legno dipinti di bianco e, in un angolo, un lettino tutto bianco. Sul tavolo, bene allineate, c'erano undici tazze di porcellana bianca.

Però in quello stanzone c'era un po' di luce perché in fondo, dietro un paravento verniciato di bianco, c'era un camino acceso che diffondeva dei bagliori rossastri. Gelsomina si avvicinò al camino, guardò dietro al paravento e vide che, a cuocere sul fuoco, appeso a una catenella, c'era un grosso pentolone fumante.

Ma il fumo che usciva dal pentolone non era soltanto un fumo, era anche un profumo. E era un profumo di minestra di pollo. Cosicché Gelsomina si sentì quasi svenire dal languore.

«Io mangio» pensò, spalancando la bocca dalla gran voglia che aveva di mangiare «e poi dormo.»

Senza pensare a altro staccò il pentolone dalla catena e lo posò sul tavolo. Col mestolo che c'era dentro cavò una bella mestolata di minestra e stava per assaggiarla, quando i dieci gatti bianchi cominciarono a strusciarsi attorno alle sue gambe,

a balzarle sulle spalle e poi fecero cadere il paravento e poi saltarono uno dopo l'altro sul tavolo
tra le tazze di porcellana. E le tazze traballavano
e si urtavano tra loro facendo *tin tin tin*.

«Vogliono mangiare anche loro, poveri gatti»
pensò Gelsomina «ma hanno molta meno fame
di me.»

Assaggiò la minestra e si accorse che era addirittura una minestra speciale, buonissima, una
minestra cinese fatta col pollo, con le mandorle
e con un brodo di tutti i sapori più buoni del
mondo. E allora, senza neanche versarla in una
scodella, cominciò a mangiarla con tanta furia
che quasi ogni mestolata era un boccone. I gatti
intanto miagolavano talmente forte da assordare
e facevano tanto tintinnare le tazze che pareva di
sentire un concerto di campanelle.

– Buoni! buoni! – diceva Gelsomina con la bocca piena.

E intanto pensava:

«Non è mica per i gatti, questa minestra: è troppo buona».

Senza pensare che, se anche non era per i gatti, quella minestra non era neanche sua.

«E poi» pensava «quelle tazze non sono mica le tazze dei gatti, perché i gatti sono dieci e le tazze sono undici».

Ma capisci bene che, se non erano dei gatti, erano certamente di qualcuno. E così Gelsomina continuò a mangiare. E le passò la fame, poi le passò anche l'appetito, finché mangiò per pura golosità. A un certo punto il pentolone fu vuoto e la sua pancia fu piena. Era l'alba.

Allora la ragazza si gettò sul lettino per dormirsela beatamente, quando successe una cosa terribile.

# 12

# L'incantesimo

Nel momento in cui Gelsomina chiuse gli occhi per
dormire, si sentì un fracasso spaventoso, mentre
un turbine di vento spalancava tutte le finestre.
La povera ragazza aprì gli occhi di colpo, si alzò
in piedi e vide precipitare velocissimo dal cielo un
enorme uccello bianco che sbatacchiava disordi-
natamente le ali e diventava sempre più grande
man mano che si avvicinava.

E l'uccello piombò nello stanzone, attraverso
una finestra, con una risata fortissima che fece
tremare i muri. Allora Gelsomina si accorse che
quello non era un uccello: era una strega così
grassa che, per volare, invece di una scopa doveva
cavalcare due scope! Aveva un vestito bianco pieno

di strascichi svolazzanti che nell'aria si agitavano come tante ali.

Subito dopo di lei, quasi senza far rumore, calò dal cielo un uomo che volava a cavalcioni di un maialino. Aveva una faccia paffuta, un berrettone alto da cuoco, un grembiulone bianco e portava in spalla un sacco pieno di roba. In una mano aveva un grande mestolo che faceva roteare veloce come un'elica.

– L'hai combinata bella, povera sciocchina, eh? – rise la grassona con una bocca grandissima in una faccia grassissima. – Ti sei mangiata tutta la minestra dei gatti, vero?

– Se l'è mangiata, poveretta! – fece eco il cuoco dondolando tristemente il suo mestolo.

– Ma io... non credevo... – balbettò Gelsomina tutta tremante – i gatti sono dieci e le tazze sono undici, e allora...

– E allora? e allora?! – urlò la cicciona. – I gatti sono dieci e con te fanno undici, no?

– Ma allora... – disse Gelsomina con un po' di speranza – la minestra era per me... come mai?...

– Golosa che non sei altro!! – gridò la grassona severamente. – La minestra non era per te, era *anche* per te, per te e per i dieci gatti. Li vedi questi nove gatti? Li vedi?

– Sì... sì, però sono dieci, signora strega – sussurrò Gelsomina.

– Io non sono una strega! – strillò sdegnata la cicciona, alzando una bacchetta magica luccicante.
– Io sono una fata, la fata Biancaciccia. E questi nove gatti, se lo vuoi sapere, hanno fatto come te.

– Poveri gatti! – sospirò il cuoco, dondolando il suo mestolo.

– Questi nove gatti erano dei viandanti affamati che si sono messi a piangere in riva al lago gridando che avevano fame. E le loro lacrime gocciolavano nell'acqua, lucenti come lucciole. Allora il mio sciame di lucciole, per compassione...

– È tuo quello sciame di lucciole? Che bello! – disse Gelsomina, cercando di sviare il discorso.

– È mio, sì! – esclamò la fata. – e quindi...

– Ma è proprio una meraviglia! – la interruppe di nuovo Gelsomina, sperando di farle dimenticare la faccenda della minestra. – Quando riempie la vela e...

– Taci!! – urlò la fata. – O ti trasformo in un uovo sodo. Almeno starai zitta. Bene! Questi nove gatti erano viandanti affamati e tutti si sono mangiati la minestra di pollo con le mandorle senza lasciarne nemmeno un pochino.

– Ma... – mormorò Gelsomina – i gatti sono dieci; perché hai detto che sono nove?

– Perché il decimo è un gatto vero. Anzi una gatta. La mia gatta, e si chiama Biancolina. È

quella con quel bel nastro di seta bianca. E quell'e-
goista del primo viandante goloso, quando arrivò
in questa casina, trovò Biancolina e due tazze,
ma si mangiò tutta la minestra lo stesso. E io l'ho
trasformato in gatto. Eccolo là!

E con la bacchetta magica indicò un gattone
che si arruffò tutto e sgattaiolò a nascondersi
sotto il letto.

– Oh, signora fata! – cominciò a singhiozzare Gelsomina. – Non mi far diventare una gatta
bianca; io credevo che quelle tazze non fossero
per i gatti!

– Questo è ancora più grave! Perché se non erano per i gatti potevano essere di un povero papà e
di una povera mamma, con nove figli poveri, che
avevano soltanto quella minestra per sfamarsi.

– Signora fata, per piacere! – singhiozzava la
ragazza. – Non trasformarmi in gatta bianca, ti
prego! Sono la fidanzata dell'imperatore e lui,
dopo, non mi vorrà più!

– So benissimo che sei Gelsomina! Ma guarda
un po'! – esclamò la fata allargando la bocca in
un sorriso contento.

Poi scoppiò in una risata, e, agitando tutti i suoi
strascichi, gridò:

– E perciò sei la pupilla della fata Valentina
Pomodora, che è proprio la mia avversaria!

– Oh sì, – balbettò la ragazza – mi chiamo Gelsomina; però io la fata Valentina Pomodora non l'ho mai neanche vista!

Sentendo quelle parole il cuoco cominciò a gridare:

– Ma se è Gelsomina, allora...

– Silenzio! – urlò Biancaciccia. – O ti trasformo in un formaggio. Tu non capisci proprio niente.

Il buon cuoco allora cominciò a tremare e gli occhi gli si riempirono di lacrime.

– Biancaciccia, – mormorò – pensa almeno a come è stata coraggiosa a passare in mezzo a tutti gli spettri che hai messo nella foresta per impedire alla gente di avvicinarsi. Pensa che persino le bestie feroci sono scappate via dalla paura!

– Questo è vero! – ammise la fata.

– E poi aveva talmente fame... – continuò il cuoco con voce supplicante.

– Fame? – gridò sdegnata la fata Biancaciccia. – Quale fame? Se aveva fame poteva mangiarsene una di minestra. Non è *fame* quella che fa mangiare per undici! È ingordigia bell'e buona!

– Oh fata, fata! – supplicava Gelsomina, – io non posso pagartela quella minestra, perché non ne ho proprio di soldi, però...

– Però cosa! – disse sempre con stizza quella cicciona.

– Però... posso preparare un'altra minestra...

– Una minestra di pollo con le mandorle? – esclamò la fata scoppiando a ridere.

– No... con le mandorle non sono capace, magari con... con... – balbettò la povera ragazza.

– Con che cosa? Su! su! Con le arance, magari! – disse svelta la fata Biancaciccia. – Conto fino a tre, e se al tre non l'hai detto è fatta. Uno, due e...

– Con... le arance, ma... volevo dire...

Gelsomina era scombussolata perché, dalla paura che dicesse «tre», aveva ripetuto quello che aveva detto la fata. E come avrebbe fatto, adesso, dal momento che non aveva mai preparato una minestra di pollo con le arance?

– Benissimo! Assaggeremo questa *strana* minestra! Lo sai che è la più difficile che ci sia? – esclamò la fata con una gran risata. – Ma non credere di evitare l'incantesimo! Non ti trasformo in gatta bianca ma...

Gelsomina aveva spalancato gli occhi e non respirava più per stare a sentire.

– Ma, – continuò la fata – dato che sei stata una golosa, ti trasformo in una grassona come me.

La povera ragazza lanciò un urlo e si buttò ai piedi di Biancaciccia.

– No! No! Ti scongiuro! Nemmeno così grassa mi vorrà mai sposare, Uei Ming!

– Perché? – scoppiò a ridere la fata. – Io non ti sembro abbastanza bella? E poi l'incantesimo è fatto.

Rivolse la bacchetta magica verso la ragazza e ne uscì un raggio che la avvolse tutta. Allora Gelsomina provò a alzarsi in piedi, ma si accorse che faceva una fatica tremenda perché era diventata una grassona proprio come la fata Biancaciccia. E cominciò a piangere e a urlare come una matta. E anche il cuoco piangeva, e tutti i gatti miagolavano tristi tristi, persino Biancolina.

– Dalle quattro polli e quattro tazze – ordinò la fata al cuoco che, sempre piangendo, depose sulla tavola quattro polli spennati e puliti e altre quattro tazze di porcellana bianca.

– Ma io, – singhiozzava la povera Gelsomina scuotendo tutta quella ciccia come se fosse gelatina – come farò, come farò mai a diventare come prima?

– Diventerò io come eri tu! – rise tutta contenta la fata, e con la bacchetta magica si toccò la punta del naso.

Un bagliore, e ecco che Gelsomina vide davanti a sé proprio la Gelsomina di prima. Con gli stessi capelli neri, con gli stessi occhi verdi, sottile e graziosa come di porcellana, e anche con il suo vestito verde a fiorellini bianchi di gelsomino. Lei, invece, ora aveva addosso un brutto vestito grigio.

Mentre la Gelsomina grassona restava a bocca spalancata, la finta Gelsomina diceva:

– Tornerai come prima se riempirai di lacrime tutte queste tazze.

– Ma chissà quanto tempo ci vorrà! – protestò il cuoco, mentre dei lacrimoni gli colavano sulla faccia.

– È lì il difficile! – continuò severa la fata. – E non basta. Quando le tazze si saranno asciugate dovrai preparare una minestra *buonissima* di pollo con le arance.

– Ma non ha neanche le arance! – disse piangendo il buon cuoco.

– È lì il difficile! – proseguì la fata. – E non basta. Quando la minestra sarà pronta, non soltanto dovrai lasciare che i primi viandanti che capiteranno la mangino, e senza avvertirli di nulla; ma dovrai anche offrirgli le cose che preferiscono fra tutte le cose buone del mondo. E senza chiedere a loro cos'è che preferiscono.

– Ma – protestò ancora il cuoco sdegnato – come farà a capire cosa vogliono?

– È lì il difficile! – continuò imperterrita la fata. – E non basta. Perché, dopo che avrai fatto tutto quello che ho detto, l'incantesimo potrà essere sciolto *soltanto* quando un uomo ti chiederà di

sposarlo anche se sei grassa come la fata Biancaciccia. E non dovrai *mai* dire a nessuno chi sei!

– Ma nessuno vorrà mai sposarla, così cicciona
com'è! – urlò il buon cuoco.

– Invece questa è proprio la cosa più facile –
rispose tranquilla la fata.

Poi, ridendo a crepapelle, ordinò al cuoco:

– Partiamo, che adesso comincia il divertimento.

Salì a cavalcioni delle due scope, che ormai erano diventate troppe, e saettò nel cielo in un attimo. Il cuoco, allora, inforcò il suo maialino e, continuando a piangere, salutò con una mano la povera ragazza, mentre con l'altra roteava veloce il suo mestolo. E sparì anche lui nel cielo.

Gelsomina, che era rimasta come impietrita fino a quel momento, scoppiò in un pianto interminabile. Tanto che, poco dopo, aveva già riempito di lacrime tutte le quindici tazze.

Però, come avrebbe potuto preparare quella difficilissima minestra di pollo con le arance, che di arance non ne aveva neanche una?

# 13

# La strana minestra

In mezzo ai campi di terra arancione, tra gli alberi di aranci fioriti di bianco, Cion Cion Blu quella mattina lavorava, come tutti i giorni, senza pensar più né a Gelsomina né a Uei Ming. E zappava e vangava e sarchiava e potava e irrigava, e ogni tanto si fermava a asciugarsi il sudore col suo fazzoletto arancione e a fumarsi una bella pipata nella sua pipa blu guardando i pettirossi che cinguettavano sui rami.

Stava proprio fumando quando sentì tante goccioline cadere dal cielo e pensò:

«Piove. È meglio aprire l'ombrello. Però, chissà come mai piove, visto che non c'è neanche una nuvola».

Guardò in alto e vide uno strano uccello formato da un cuoco a cavallo di un maialino, che faceva roteare un mestolo come un'elica. Il cuoco piangeva come una fontana, e per questo Cion Cion Blu aveva creduto che piovesse. E il cuoco, svolazzando a destra e sinistra, singhiozzava:

– Dove le troverò mai le arance! Qui ci sono gli alberi, ma adesso è primavera e le arance maturano d'inverno. Povero me!

Allora Cion, un po' commosso, gridò:

– O cuoco volante! se vuoi delle arance ce le ho io.

Dallo stupore, il buon cuoco dimenticò di far girare il mestolo che gli serviva da elica e precipitò col suo maialino tra i rami di un albero, facendo scappar via tutti i pettirossi.

– Hai delle arance? – chiese guardando Cion Cion Blu con occhi stralunati. – Puoi darmene un po'?

– Sì che te le do – disse Cion tutto contento. – Ma a che cosa ti servono?

Il cuoco saltò giù dall'albero tenendo il porcellino sotto il braccio e disse:

– Mi servono per preparare una minestra di pollo con le arance.

Cion Cion Blu lo guardò stupito:

– Ma sei matto? Ma sai che è la minestra cinese più difficile che ci sia? Più difficile persino della minestra di pollo con le mandorle. Tu la sai fare?

– Io no! – e il cuoco cominciò a piangere di nuovo. – E non sono neanche io che la devo preparare, è Gel... cioè, è una povera ragazza cicciona che se non la prepara, guai! Come farà? poveretta!

– Ma io, – disse Cion, sorridendo – io la so fare. È la mia specialità. Potrei insegnarle come si fa.

– Oh, caro il mio bravo contadino simpatico! – gridò il cuoco per la gran gioia. – Sali con me su questo maialino che voliamo da quella povera ragazza.

– Un momento – disse Cion – bisogna portare anche il mio cane Blu, il mio gatto A Ran Cion e il mio pesciolino Bluino, che vengono sempre con me.

– Staremo un po' stretti, ma non importa.

Allora Cion Cion Blu prese sotto un braccio il cane, si appese sulla schiena la reticella con la vaschetta di Bluino, si caricò in spalla un grosso sacco pieno di arance e, mentre il gatto gli si acciambellava in testa come un turbante blu, montò a cavallo del maialino dietro al cuoco.

Non appena il cuoco fece roteare il mestolo, tutti insieme cominciarono a volare rapidissimi nel cielo.

– Come fai – chiese Cion – a girare il mestolo così svelto?

– È una magia – rispose il cuoco.

– Però – continuò Cion eccitato – è proprio bello questo sistema di volare. Chissà se un giorno o l'altro inventeranno una macchina che volerà con un mestolo che gira. Si potrebbe chiamare aeromestolo.

– Ma, – rispose il cuoco – ci vorranno ancora centinaia e centinaia di anni.

– Peccato – disse Cion un po' dispiaciuto.

– E poi – aggiunse il cuoco – non si chiamerà aeromestolo, ma aeroplano.

– Come fai a saperlo? – domandò Cion.

– Me l'ha detto la fata Biancaciccia, che sa tutto quello che succederà.

Intanto erano volati sopra i campi fioriti, e poi sopra la foresta impenetrabile e poi ancora sul lago, finché giunsero alla casina bianca sull'isola delle magnolie.

Gelsomina ora se ne stava seduta sul lettino, sconsolata e grassa come un budino, poverina. Però, adesso non piangeva più.

Anzi, dopo aver riempito di lacrime tutte le tazze, si era messa a curiosare in ogni angolo dello stanzone e così aveva scoperto un vasetto con del tè, una zuccheriera con molto zucchero e una grossa pentola piena di latte fresco.

Poi, sempre più curiosa benché grassa, aveva

cominciato a girovagare per l'isola, tra gli alberi delle magnolie, insieme ai gatti bianchi. E aveva raccolto, passeggiando qua e là, dei rami fioriti di gelsomino, molte erbe aromatiche e dei bei sassolini colorati. E quando era tornata, le tazze si erano già tutte asciugate perché in quel posto faceva molto caldo.

Quando vide entrare dalla finestra tutti quegli uomini e quegli animali a cavallo del maialino, Gelsomina si prese di nuovo un gran spavento e ricominciò a piangere, dicendo:

– Non ho fatto niente questa volta! Non ho fatto niente!

Ma il cuoco, scendendo dal maialino, le corse vicino:

– Non aver paura Gel... cioè, povera ragazza! Siamo degli amici. Anzi, ho portato qui un bravissimo contadino che ti insegnerà a preparare la minestra di pollo con le arance.

– E ben volentieri, cara signorina – disse Cion Cion Blu con un inchino garbato.

– Oh, grazie! Che bellezza! – esclamò Gelsomina contenta.

Si era accorta subito che quel contadino era proprio Cion Cion Blu, l'amico del suo fidanzato Uei Ming. Sentì che il cuore le batteva fortissimo, ma naturalmente non gli disse che era Gelsomina.

E poi, come avrebbe potuto riconoscerla, grassa com'era?

Intanto, vedendo il cane Blu, tutti i gatti erano schizzati sotto il letto. Allora A Ran Cion li rincorse, miagolando allegramente, per spiegargli, nella lingua dei gatti, che Blu era un suo caro amico e che non era proprio il caso di aver paura. E così, pian pianino, i dieci gatti, e Biancolina per prima, erano tornati fuori e avevano subito fatto amicizia con A Ran Cion e con Blu.

– Caro contadino – disse il cuoco – io devo volar via subito, perché se la fata... insomma...

– Vai pure, amico! – disse Cion. – Mi arrangio io.

E il cuoco volò via rapido com'era venuto.

Subito Cion Cion Blu prese il pentolone, andò

fino al lago a riempirlo d'acqua, lo appese alla catena del camino e accese il fuoco. Poi disse:

– La minestra di pollo con le arance è la più difficile che ci sia; quindi, se vuoi imparare come si fa, stai bene attenta.

Gelsomina, attentissima, si avvicinò al camino.

– Prima si spremono nell'acqua quattro arance.

E strizzò le quattro arance.

– Poi si tagliano i polli a fettine piccolissime che si mettono tutte nel pentolone. Però le ossa bisogna darle al mio cane e a tutti quei bei gatti.

Tagliuzzò per benino due polli e gettò le ossa al cane e ai gatti.

– Ricordati che se non dai le ossa almeno ai gatti la minestra non riesce. Poi ci vogliono tutte le erbe aromatiche più buone. Ce le hai?

– Oh sì – disse Gelsomina contenta – l'isola è piena di erbe aromatiche e le ho colte tutte: rosmarino, salvia, origano, alloro, sedano...

– No – disse Cion – niente sedano.

– Va bene, signor contadino – rispose Gelsomina educatamente. – Però c'è la limoncina, la menta, la ruta, il timo, la maggiorana, il ginepro, la lavanda, il finocchio e... e poi basta.

– E foglie d'arancio? – disse Cion.

– Oh! Signor contadino – si smarrì la povera Gelsomina – non ne ho di foglie d'arancio.

– Per fortuna le ho io! – esclamò Cion Cion Blu.
– Adesso sta' bene attenta: due rametti di rosmarino li infili diritti nel pentolone – e intanto faceva quello che diceva – le foglioline di salvia le avvolgi bene attorno a dei semi d'arancia e le lasci cadere nel brodo, e così le foglie di limoncina, che avvolgi intorno a uno spicchio d'arancia con la pelle, e poi le foglioline di menta, che spargi su uno spicchio spellato. Poi metti un rametto di timo su una fetta d'arancia sbucciata, del ginepro su una fetta con la buccia, della ruta su una buccia, quindi spargi della maggiorana tra due fette sbucciate...

– Come un panino imbottito?

– Proprio così. E l'origano lo sbricioli tra due fette d'arancia con la buccia, metti una foglia d'alloro tra due bucce e i semi di finocchio, invece, li spargi tra due foglie d'arancio. E man mano che prepari tutte queste cose le immergi nel brodo.

– Ti sei dimenticato la lavanda – avvertì Gelsomina.

– Calma, calma! Non me la sono dimenticata – rispose Cion. – La lavanda la metti in giro per tutta la stanza, perché per mangiare la minestra di pollo con le arance bisogna che ci sia profumo di lavanda. Poi... bisogna mescolare, mescolare, mescolare sempre finché la minestra è cotta.

E Cion mescolava piano piano.

– E quando è cotta – disse – bisogna mettere nella pentola delle arance intere, tante quante tazze ci sono. Quante sono?

– Quindici, signor contadino.

E Cion fece cadere quindici arance nel pentolone.

– A questo punto la minestra è pronta. In ogni tazza bisogna mettere una delle arance e su ogni arancia devi mettere una fogliolina di tè e un fiorellino di gelsomino. E si può mangiarla ora, come domani, come dopodomani. È sempre buona. Questo è il suo segreto.

L'assaggiò.

– È perfetta, ora. La verso?

– Oh no no! – pregò Gelsomina preoccupata, dato che sapeva di dover attendere qualche viandante. – Non adesso. Però ho imparato benissimo, grazie, grazie.

Allora Cion le lasciò un bel po' di arance e di foglie d'arancio e disse:

– È ora che ritorni a lavorare, cara ragazza. Prenderò quella barchetta che ho visto sulla riva quando sono venuto.

– Ma non c'è vento! – disse Gelsomina accompagnandolo, mentre Cion si avviava col cane, col gatto e portando in spalla la vaschetta di Bluino e il grosso sacco ancora quasi pieno d'arance.

– Non importa, so io come fare – rispose Cion arrivando vicino alla barchetta bianca. – Bluino, per piacere, vai a chiamare i tuoi amici perché spingano la barca.

E Bluino dalla vaschetta guizzò nel lago, che a poco a poco cominciò a cospargersi di bollicine. Cion col cane e col gatto montò in barca e, in men che non si dica, migliaia di pesciolini, nuotando veloci come in un gorgo, cominciarono a muovere la barca, che si diresse verso l'altra riva.

– Ciao – salutava Gelsomina – grazie, grazie!

– Ciao! – rispondeva Cion Cion Blu, agitando il suo fazzoletto arancione.

Non appena arrivò a riva, Cion richiamò Bluino e si avviò lungo il fiume per tornare al suo campo di aranci. Ma prima che potesse arrivarci, come vedrai, accaddero molte cose.

# 14

# La finta Gelsomina
# e i tre briganti

La fata Biancaciccia, bellina com'era adesso, volava nel cielo blu a cavalcioni delle due scope. Ma era arrabbiata, e continuava a dar calci nell'aria, perché non vedeva più il cuoco. E faceva una quantità di giravolte impazienti, svolazzando di qua e di là come un uccello matto e gridando con stizza:

– Appena viene, lo trasformo in una polenta. Così *impara*, quel polentone!

E poi: – Lo faccio diventare un formaggione! Addirittura un parmigiano!

E poi ancora: – Ne faccio un prosciutto! Ciccione anche lui com'è.

E intanto, con la bacchetta magica schizzava

raggi furiosi ora su un cespuglio, ora su un grosso sasso, ora su un monticello di terra, trasformandoli in polente, formaggi e prosciutti.

Finalmente il cuoco arrivò, volando col suo maialino.

– Perditempo che non sei altro! – strillò la fata, mentre il cuoco era ancora lontano. – Ti trasformo in una torta di panna montata!

Ma in torta di panna montata trasformò invece un mucchietto di ghiaia che c'era lì sotto. Figurati come furono contenti i bambini che la trovarono!

– Che cos'hai detto? – rispose il cuoco arrivando vicino alla fata. – Non ho capito niente.

E non aveva capito niente perché Biancaciccia, tramutandosi in Gelsomina, si era presa anche la voce della ragazza, che era proprio una vocina.

– Ho detto che ti faccio diventare una torta di panna montata.

– Ma poi, – disse il cuoco – chi ti preparerà la minestra di pollo con le mandorle nella casetta del lago, dato che con la magia non sei capace di farla?

– Va bene, va bene. Ma dove ti eri cacciato? – rispose seccata la finta Gelsomina.

– Avevo sbagliato strada.

– Hai sbagliato bugia, altro che storie! – replicò la fata impaziente. – Ora voliamo svelti nella casa di Ron Fon, prima che arrivi qualcuno. Tu però aspetta fuori sulla stradina, e vieni soltanto quando ti chiamo con un fischio.

E in mezzo minuto giunsero alla casina coperta di gelsomini.

Mentre il cuoco e il maialino passeggiavano nella stradina davanti alla casa, videro nascosti dietro a uno dei muretti coperti di gelsomino due omacci che dormivano a pancia all'aria e, come hai già capito, erano Ron Fon e Man Gion.

Perché devi sapere che i tre briganti, dopo essere caduti dalla finestra, erano rimasti tramortiti per un bel po'. Ma non appena erano rinvenuti si erano messi a cercare Gelsomina strillando come dei cani randagi. Anzi, Brut Bir Bon aveva urlato col suo vocione:

– Fulmini e saette! Cerchiamo quella birbante di una ragazza. Tu Ron Fon vai da quella parte, tu Man Gion vai da quell'altra, mentre io vado da quest'altra. E il primo che la trova, – tuonò – deve lanciare un urlo talmente forte che gli altri due devono sentirlo.

E subito si era messo a correre lungo la stradina.

Ma Ron Fon e Man Gion, appena Brut Bir Bon fu un po' lontano, invece di mettersi a correre anche loro, si erano buttati a dormire dietro a uno dei muretti.

Il cuoco aveva appena scoperto i due omacci

addormentati, quando, nella stradina che attraversava le risaie, si sentirono delle esclamazioni rim-
bombanti. Era Brut Bir Bon che tornava, furioso
e vociante. Ron Fon e Man Gion si svegliarono,
ma se ne rimasero acquattati dietro il muretto,
tremando di paura.

– Diavoli! demoni!! dove s'è cacciata quella
ragazzaccia!! – urlava camminando a grandi passi con quei suoi piedoni grossi come prosciutti,
mentre lo spadone sbatacchiava in terra.

E salì difilato per la scala della casina facendo
i gradini a tre a tre. Poi si fermò di colpo. Gelsomina era lì, seduta come al solito vicino al suo
tavolino a ricamare gelsomini sulle pantofole blu.
E cantava beata.

– Dove sei stata? – ringhiò l'omaccione.

La finta Gelsomina alzò gli occhi dal suo lavoro e, sorridendo con garbo, rispose dolcemente:

– Ma caro Brut Bir Bon, non gridare così che fai spaventare la tua povera, brava fidanzata. Sono stata a prendere il latte, non lo vedi?

E gli indicò una pentola piena di latte. Brut Bir Bon, sentendo Gelsomina parlare in quel modo tanto gentile, diventò subito buono buono.

– Oh! cara fidanzata! – disse con la voce più affettuosa che gli riuscì, che pareva il rumore di una lima sul ferro. – Ora ti abbraccio e ti bacio. Caaara!!

E si avvicinò per abbracciarla. Ma la fata aveva già fischiato, e quando Brut Bir Bon strinse le braccia, ci trovò in mezzo il cuoco.

– Maledetta! – urlò scuotendo le pareti. – Sarà l'ultimo scherzo che mi farai! E ora, questo stupido cuoco lo taglio in due.

Sguainò il suo spadone, ma subito cominciò a gridare: – Ahi! ahi! ahi! – tremando come un terremoto.

Perché la fata, col raggio della bacchetta magica, gli aveva scaricato sullo spadone una tremenda scossa elettrica.

Poi strillò: – Bée! Che schifo!

Perché un mastello pieno d'acqua sporca, senza

che nessuno lo avesse toccato, era volato per la camera e gli si era rovesciato addosso.

– E ora, – disse la fata ridendo – facciamo apparire la cosa che dovrebbe spaventarlo di più... Ecco, un leone.

E tramutò il cuoco in un enorme leone rosso, con un'enorme criniera, che ruggiva paurosamente spalancando le fauci. Brut Bir Bon, terrorizzato, cercò di difendersi col suo spadone, ma il leone glielo addentò e glielo stritolò come una patatina croccante; poi ruggì un *grrauu!* così forte che Brut Bir Bon si gettò giù

per la scaletta a rotoloni, ammaccandosi tutto.

Proprio in quel momento Ron Fon e Man Gion avevano pensato che ormai potevano far finta di tornare da un lungo inseguimento, e strillarono:

– Che corsa che abbiamo fatto! Come siamo stanchi! Abbiamo girato dappertutto e di quella stupida ragazza nemmeno l'ombra!

Così, entrando nella casetta, erano inciampati tutti e due in Brut Bir Bon e erano caduti con la faccia contro gli scalini. Un po' impauriti, i due compari dissero:

– O Brut Bir Bon, che cos'è successo che sei qui in terra, al buio?

– Niente, niente, – gorgogliò vergognoso l'omaccione – sono scivolato per sbaglio. Però, – strillò – tu Ron Fon devi darne tante e poi tante a quella ragazza!

E si alzò in piedi furioso, allontanandosi con passi da elefante. Ron Fon, senza capir bene che cosa succedeva, salì titubante le scale. Quando entrò nella stanza, seguito da Man Gion, la finta Gelsomina era di nuovo seduta vicino alla finestra a cucire cantando. Ma il pavimento era pieno d'acqua sporca e c'erano dappertutto i frantumi dello spadone di Brut Bir Bon. In un angolo, tranquillo, se ne stava il cuoco col suo maialino.

– Che cos'è successo?! Ragazza scimunita! –

gridò rabbioso. – E chi è quel cuoco! E che cosa ci fa qui quel maialino!

La finta Gelsomina sollevò gli occhi e rispose con impertinenza:

– T'interessa?!

Ron Fon, dalla rabbia, divenne pallido come una ricotta. Prese un bastone nodoso e si gettò sulla ragazza che, senza badargli, continuava a cucire canterellando. Subito cominciò a dar bastonate furiose, ma, non capiva perché, il bastone guizzava nell'aria senza mai colpire Gelsomina.

Intanto Man Gion aveva esclamato felice:

– Finalmente! Del buon latte.

E bevve a garganella dalla pentola. E era latte veramente, quello, ma era latte di calce, ossia era calcina, quella per imbiancare i muri, cattiva in modo incredibile. Così, sputando e urlando, Man Gion si precipitò per le scale, corse fino alle risaie e si gettò nell'acqua a bere e a sputare, a bere e a sputare.

Ma poco dopo arrivò correndo anche Ron Fon. Perché il bastone che guizzava in aria, a un certo punto gli era sfuggito di mano e, volteggiando da solo nella stanza, aveva cominciato a dargli una gragnuola di bastonate in testa, sulle spalle, sul sedere, mentre lui urlava a perdifiato.

E appena il bastone s'era fermato, la fata aveva

tramutato il porcellino in un grosso lupo nero con dei lunghissimi denti bianchi che, ululando tremendo, si era avventato su Ron Fon. E Ron Fon, via!, per la scala, via!, per la stradina, via!, per i campi. E il lupo dietro, sempre ringhiando. E non si fermava mai. E Ron Fon, che aveva sempre voglia di dormire, doveva sempre correre e correre e correre. E alla fine di questa storia, come vedrai, Ron Fon starà ancora correndo inseguito dal lupo nero ringhiante.

Intanto, la finta Gelsomina aveva detto al cuoco:

– Qui tutto è a posto. Ora andiamo dall'imperatore. Ci divertiremo ancora di più.

Lasciò le due scope nella casa di Gelsomina e, insieme al cuoco, si avviò buona buona lungo la stradina verso il palazzo imperiale.

# 15

# La finta Gelsomina
# al palazzo imperiale

In quella stessa mattina l'imperatore Uei Ming, quando si svegliò nella sua stanza da letto splendente d'oro e di rubini, era tutto allegro perché pensava che sarebbe andato a trovare Gelsomina e che l'avrebbe subito sposata. Naturalmente non s'immaginava che, proprio nel momento in cui si lavava la faccia, cantando per la gran contentezza, lontano da lì, nella casina in mezzo al lago, la fata Biancaciccia stava trasformando la sua bella fidanzata in una grassona.

Si vestì in un momento, si appese al fianco la scimitarra d'oro e fece per uscire dalla stanza attraverso una porticina segreta, per correre fuori dal palazzo senza che nessuno lo vedesse. Ma in quel momento sentì bussare alla porta principale, quella che si apriva verso il grande salone dove si tenevano le cerimonie imperiali.

– Chi è che mi disturba? – chiese l'imperatore impaziente.

– Sono il primo ministro Din Din, o splendente Figlio del Sole, o grande Ciù Cin Han Uei Sui Tang Sung Ming! – rispose l'uomo che aveva bussato, e poi rimase zitto, proprio soddisfatto, perché aveva detto giusto il nome dell'imperatore: era l'unico che se lo ricordava tutto.

– Su, entra! – esclamò Uei Ming seccato. – Ma dimmi alla svelta quello che hai da dirmi, perché ho fretta.

Il primo ministro, piccolino e pacioccone, aprendo la porta con le sue mani grassocce, entrò pian pianino nella stanza. Aveva un vestito celeste su cui erano ricamati dei grandi girasoli gialli. Subito cominciò a parlare con voce importante:

– O Luce della Terra, i tuoi avi aviti risplendono di gloria nei cieli celesti in questo giorno glorioso e immortale che le stelle...

– Basta!! – urlò Uei Ming. – Cosa vuoi?

– Veramente – balbettò il primo ministro – io non voglio niente, sono i generali nel salone che vogliono parlarti.

Uei Ming si precipitò nel salone. Qui, nelle

loro armature luccicanti d'argento, c'erano i suoi cento generali schierati. Avevano tutti delle lunghe barbe nere e lo sguardo fiero. Appena lo videro urlarono in coro:

– Evviva il Figlio del Sole! Oggi partiamo per la guerra!

– La guerra? – chiese Uei Ming. – Ma quale guerra!?

Allora il più grosso dei generali alzò la sua scimitarra verso il soffitto e esclamò:

– La guerra è dichiarata. Il tuo esercito invincibile è pronto a distruggere il nemico. Noi, i tuoi generali, abbiamo deciso così nel consiglio di guerra e tu dovrai comandarci.

– No, – disse Uei Ming – niente guerra. Io ho altro da fare.

– Niente guerra?! – strillarono sdegnati tutti i generali. – Ma noi abbiamo deciso di farla! Ma Figlio del Sole, se abbiamo deciso...

– Niente guerra. Capito? – urlò l'imperatore.

– Ma un imperatore *deve* fare la guerra! – protestarono furiosi i generali. – Tutti gli imperatori la fanno! Ma che imperatore sei, se non la fai? E noi la facciamo lo stesso, ecco.

– Guardie, – ordinò sdegnato Uei Ming – mettete tutti i generali in prigione.

Le duecento guardie allineate alle pareti del

salone sguainarono gli spadoni e circondarono i generali che gridavano:

– Ma perché? Ma bisogna ben farla un momento o l'altro la guerra! Ma se vuoi partiamo domani! Oppure tra un mese! Ma non ci mettere in prigione! Ti chiediamo scusa! O Luce della Terra, perdonaci! perdonaci!

Ma Uei Ming non stava neanche a sentire e, attraversando il salone delle cerimonie per andar subito da Gelsomina, gridò:

– Din Din, nomina degli altri generali.

E corse per i lunghi corridoi e attraversò correndo altri saloni e poi i cortili e poi il giardino e poi il parco e arrivò all'entrata principale del palazzo, sorvegliata da mille guardie armate.

Fu proprio qui che vide venire avanti Gelsomina. Lui naturalmente non sapeva che era la fata Biancaciccia che si era trasformata nella sua fidanzata.

– Oh Gelsomina, finalmente! – gridò l'imperatore ridendo per la gran felicità.

– Oh Uei Ming! – protestò la finta Gelsomina con stizza. – Sei un bel tiratardi. Potevi anche venirmi a prendere a casa, no?

– Scusami, – mormorò impacciato Uei Ming – sono stati i generali che mi hanno trattenuto.

– Non sopporto le scuse e non sopporto i generali! – rispose la finta Gelsomina impermalita, avviandosi decisa per il gran viale del parco, mentre Uei Ming la seguiva. – Per fortuna mi teneva compagnia il mio cuoco, che mi preparerà la minestra di pollo con le mandorle.

Uei Ming si era accorto solo in quel momento del cuoco e disse:

– Non sapevo, cara Gelsomina, che avessi un cuoco. Ma anch'io ho dei bravissimi cuochi. Se vuoi la minestra di pollo con le mandorle posso farla preparare da loro.

– Non sopporto i cuochi degli altri e non sopporto la minestra fatta dai cuochi degli altri! – strillò la fata Biancaciccia.

– Ma Gelsomina, vorrei farti osservare... – cercò di protestare l'imperatore.

– Non sopporto le osservazioni – rispose secca la finta Gelsomina.

– Solo volevo ricordarti che io...

– Non sopporto i ricordi! – ribatté sempre più rabbiosa la fata Biancaciccia.

– Vorrei solo pregarti...

– Non sopporto le preghiere!

– Allora sto zitto.

– Non sopporto chi sta zitto!

– Allora... – balbettò l'imperatore – non so proprio cosa fare.

– Non sopporto chi non sa cosa fare!

– Ma... – mormorò Uei Ming quasi disperato – me, almeno, mi sopporti?

Quella matta di Biancaciccia decise proprio in quel momento di diventare gentile e, con un sorriso pieno di garbo, mormorò dolce dolce:

– Oh Uei Ming! Che caro fidanzato che sei! Sarò proprio felice di sposarti l'anno venturo.

Uei Ming, che appena l'aveva vista così sorridente era diventato allegro di nuovo, subito divenne triste e disse:

– L'anno venturo? Non oggi?

– Oggi piove – rispose di nuovo stizzita quella matta di una fata Biancaciccia.

– No, non piove mica – disse Uei Ming educatamente, ma un po' imbarazzato. – C'è il sole.

– Ma in certi paesi piove, – rispose la finta Gelsomina – non ci si può sposare quando piove.

– Allora... – propose l'imperatore – ci possiamo sposare domani.

– No, domani no perché nevicherà – rispose la fata Biancaciccia sbuffando; – non ci si può sposare quando nevica.

– Come fai a sapere che domani nevicherà? – chiese Uei Ming che non capiva più niente.

– C'è sempre un paese dove nevica.

– Allora – disse ancora l'imperatore conciliante – dopodomani...

– No, dopodomani ci sarà il sole – rispose la finta Gelsomina. – Non ci si può sposare se c'è il sole.

– Ma allora, – esclamò esasperato il povero imperatore – che tempo deve fare quando ci si sposa!?

La finta Gelsomina a questo punto si voltò infuriata e gli diede uno schiaffo strillando:

– Vergognati! Ma lo sai che sei un bell'impertinente! Non si fanno tante domande alla propria fidanzata.

Uei Ming stava per arrabbiarsi, ma era talmente innamorato che si calmò subito e balbettò:

– Ma io... io non...

– Basta, basta! Per questa volta ti perdono. Ma dov'è tutta la gente che deve venire a inchinarsi al nostro passaggio? Chiamala subito, no?

L'imperatore, sbattendo le palpebre talmente era frastornato dai capricci di quella che credeva fosse la sua fidanzata, cominciò a gridare:

– Mandarini! Ministri! Cortigiani! Maggiordomi! Venite tutti qui e fate ala che passa l'imperatore della fidanzata... cioè, volevo dire, la fidanzata dell'imperatore.

E da tutto il palazzo, migliaia e migliaia di uomini e di donne importanti, vestiti da ricconi, con anelli, braccialetti e collane, accorsero al loro passaggio allineandosi lungo i due lati dei viali, dei corridoi e dei saloni.

La finta Gelsomina a un tratto era diventata la più dolce, la più educata delle ragazze, e sorrideva a tutti e a tutte faceva «ciao ciao» con le sue belle manine e poi diceva:

– Buongiorno, cari sudditi dell'imperatore. Siete davvero carini!

Uei Ming era incantato e beato. Ma proprio in quel momento tutti quei sudditi importanti, che facevano ala al loro passaggio, tirarono fuori la lingua. Poi fecero «marameo» con le mani davanti al naso. Poi fecero una quantità di sberleffi. Erano tutti scherzi della fata Biancaciccia.

E poi, continuando a far boccacce mentre loro passavano, cominciarono a dire tante frasi come:

– Uffa, che barba quell'imperatore! Lui, con quella sua fidanzata, chissà che cosa si crede di essere! Mi pare proprio un po' stupido! E si dà di quelle arie! Potessimo tornarcene a casa invece di star qui a far tutti questi inchini! Che noia!

L'imperatore era diventato rosso dalla vergogna e dalla rabbia. E la finta Gelsomina disse:

– Ma che villani che sono! E noi che siamo così gentili! Ma mettili in prigione quei maleducati!

– Guardie! – urlò sdegnato Uei Ming. – Arrestate tutti questi screanzati e metteteli in prigione!

Accorsero subito trecento guardie; ma appena furono vicine, invece di arrestare quegli screanzati, buttarono in terra le loro armi e cominciarono a ballare come tanti scimmioni cantando tutti stonati:

*– Su! Balliamo guardie, su!*
*Su! Balliam come possiamo,*

*ma balliam più che possiamo*
*un balletto suppergiù.*
*Se non sappiamo ballare un bel ballo,*
*ballonzolando balliamo bel bello.*
*Balla il cammello,*
*balla il cavallo,*
*e il nostro è il ballo dei senza cervello.*

E finirono urlando:

*Lo struzzo balla male ma è un uccello!*

Poi, smettendo di colpo di ballare, gridarono:
– Andiamo a mangiare!
Allora i sudditi smisero di far boccacce e gridarono anche loro:
– A tavola, a tavola, che abbiamo fame.
E facendo un gran baccano si misero tutti insieme a correre verso il salone da pranzo, trascinando anche il povero Uei Ming e la finta Gelsomina.
Ma, appena arrivò davanti alla lunghissima tavola dei banchetti imperiali, la fata Biancaciccia, sorridendo con furbizia, fece un gesto magico: tutti diventarono tranquilli e educati di colpo. I sudditi si sedettero per benino a tavola e rimasero in silenzio a aspettare, mentre le guardie si allineavano in ordine attorno al salone.

– Per fortuna che sono diventati di nuovo gentili – disse la fata a Uei Ming, che si era seduto vicino a lei.

L'imperatore era talmente esterrefatto che non riusciva quasi più a parlare. Disse solo:

– Sì, sì, cara Gelsomina. Ma proprio non capisco che cosa sia successo. Persino le guardie non mi hanno obbedito...

Intanto i camerieri si affannavano a portare zuppiere e piatti e salsiere e canestri di frutta e correvano da tutte le parti. La prima a essere servita fu la finta Gelsomina che esclamò subito sdegnata:

– Non sopporto i pranzi freddi!

– Ma – si scusarono i poveri camerieri – sono soltanto le nove del mattino e non c'era ancora niente di preparato...

– Vi perdono, vi perdono – rispose la fata tornando subito gentile.

Ma ecco che i sudditi cominciarono a urlare:

– Basta coi pranzi freddi! Vogliamo nidi di rondine caldi e oche arrosto che bruciano e pinne di pescecane bollenti e storioni alla griglia che scottano!

– Silenzio! – urlò Uei Ming infuriato. – Tacete tutti!

Ma i sudditi strepitarono ancora più forte. E poi

portarono via ai camerieri le pietanze tutte intere, strillando: – Voglio tutto io! –. E poi si misero a mangiare con le mani leccandosi le labbra come dei gatti e pulendosi le dita nei vestiti dei vicini. E poi alzarono le gambe tutti assieme e appoggiarono i piedi sulla tovaglia gridando: – Così si sta più comodi –. E allora cominciarono a portarsi via le pietanze uno dal piatto dell'altro urlando: – Me la voglio mangiare io questa roba! –. E allora cominciarono a litigare e si buttarono addosso i cucchiai, i bicchieri, i piatti e tutto quello che c'era dentro e, in quattro e quattr'otto, il salone diventò un quarantotto. Gente che schiamazzava, protestava, piangeva, si accapigliava, si gettava in faccia la salsa, la marmellata, la torta di crema. Mentre le guardie, ridendo a crepapelle, facevano lo sgambetto ai camerieri, che cadevano lunghi distesi mentre le zuppiere che avevano in mano andavano in mille pezzi e tutto si spandeva sul pavimento.

La finta Gelsomina, intanto, con dei gridolini allegrissimi, si era messa a correre attorno al salone strillando:

– Su, butta un po' di zabaione in faccia a questo! Avanti, butta il paté sulla testa di quello!

E rideva e rideva senza che mai niente di tutte quelle cose che volavano la sfiorasse neanche.

Soltanto il suo cuoco, che era rimasto sempre zitto durante tutto il tempo, se ne stava tranquillo, seduto in un angolo, mangiandosi un panino imbottito.

Uei Ming era stravolto. Camminando a fatica in quel parapiglia cercò inutilmente di chiamare la finta Gelsomina; poi, tutto grondante di maionese e di gelatina, si diresse verso la sua stanza scuotendo disperatamente la testa. E mentre usciva, proprio lì in testa gli arrivò un mucchio di panna montata.

Mentre, nella sua stanza, si puliva di tutti quei pasticci, e intanto piangeva perché Gelsomina era diventata così insopportabile, sentì picchiettare ai vetri della finestra. Si voltò a guardare e vide che era il picchio rosso.

# 16

# Il consiglio della fata

Il picchio rosso continuava a picchiettare sui vetri, ma l'imperatore pensava che i suoi dispiaceri erano cominciati proprio dalla notte in cui il picchio gli aveva fatto visita, e non voleva aprirgli. Eppure voleva lo stesso sposare Gelsomina, e piangeva. Perché era innamorato cotto e aveva il cuore a pezzi per quello che accadeva. E piangeva.

Mentre si sfregava gli occhi lacrimanti, sentì uno strano venticello tutto attorno. Alzò la faccia inondata di pianto e vide che nell'aria della stanza svolazzava il fantasma piccolino.

– Da dove sei entrato? – esclamò Uei Ming tra un singhiozzo e l'altro.

– Ma dai! – rispose il fantasma con aria contrita.

– Lo sai bene che i fantasmi passano dappertutto.

– Però, – protestò l'imperatore sempre piangendo – qui non devono venire i fantasmi! Lasciami piangere e va' via!

– Ma no! – rispose il fantasmino scuotendo la testolina bianca. – Lasciami restare un momento: ho da dirti una cosa. Sai, io devo rimediare a un guaio che ho combinato a furia di perder tempo a fare gli scherzi. La fata Valentina Pomodora era proprio infuriata. E allora...

– E allora? – disse Uei Ming con dei singhiozzi un pochino meno disperati, perché sperava che gli indicasse un rimedio a quello che stava succedendo.

– E allora, – proseguì il fantasmino – mi ha detto di darti questo consiglio: «La bontà, non la beltà, porta felicità».

Tu hai capito benissimo che cosa voleva dire la fata Valentina Pomodora con quella frase. Voleva avvisare Uei Ming di stare attento, perché la Gelsomina bella era una Gelsomina finta, mentre la Gelsomina buona ormai non era più bella. Ma l'imperatore, che non sapeva niente dell'incantesimo della fata Biancaciccia, come puoi immaginare, non capì un bel niente.

– E allora? – gridò Uei Ming scoppiando di

nuovo in un pianto dirotto. – Ma è un consiglio questo? Le fate hanno una bella mania delle cose che non si capiscono!

– Senti, – disse il fantasmino contrito – si vede che non poteva dirti di più. Sai, tra fate... cioè, volevo dire, – si corresse subito perché evidentemente non poteva rivelare niente dell'incantesimo – volevo dire... allora è meglio che parli col picchio rosso.

– No, e poi no! – gorgogliò Uei Ming, piangendo come una cascata. – Al picchio rosso non gli apro.

– E io – disse il fantasma piccolino guizzandogli un po' dappertutto – ti faccio il solletico.

Subito l'imperatore cominciò a ridere a crepapelle, contorcendosi come un'anguilla e strillando:

– No, basta, basta! hahaha che ridere! Che ridere!! Mi fai morire dal ridere! Basta! che apro subito al picchio rosso, hahahaha, che ridere!

Il fantasma lo lasciò in pace e Uei Ming, continuando a lacrimare, ma per il gran ridere, aprì la finestra. Il picchio, svelto svelto, gridò:

– Devi partire subito per la montagna della fata Valentina Pomodora. Solo lei ti può salvare; solo lei, ricordatelo.

– Va bene, va bene – disse l'imperatore tirando il fiato dopo tutte quelle risate.– Prenderò con me mille guardie armate.

– Niente guardie e niente armi – ordinò il picchio rosso posandosi sulla testa del fantasmino che aveva ripreso il suo fare sbarazzino.

– Ma almeno la mia scimitarra posso portarla, no? – protestò Uei Ming.

– Neanche quella. Puoi farti accompagnare, se vuoi, da un amico fidato, e anche lui senza armi.

– Ma io, – si lamentò l'imperatore – non ne ho di amici fidati!

– Allora, – disse il picchio – dovrai andare da solo.

Uei Ming riempì un sacchetto con una quantità di perle grosse come ciliegie, perché sperava di riuscire a vedere di tanto in tanto la sua Gelsomina nei fiumi, e uscì subito dalla porticina segreta seguito dal fantasma e dal picchio rosso.

– Guarda – continuava a istruirlo il picchio rosso – devi attraversare la foresta di bambù che c'è là in fondo, e poi devi salire su quella montagna con la cima coperta di neve.

E intanto l'imperatore camminava con passo veloce. Fu così che, dopo un bel po' di strada, attraversando un campo di pompelmi, vide venire avanti tra gli alberi fioriti di bianco un uomo tutto vestito di blu e di arancione, con un gatto blu e un cane arancione, un pesciolino blu e un grosso sacco quasi pieno di arance arancione. Era Cion

Cion Blu che tornava a casa, fumando la sua pipa blu, dopo aver insegnato alla Gelsomina grassona come si prepara la minestra di pollo con le arance.

– Cion Cion Blu! – gridò felice l'imperatore correndo a abbracciarlo.

– Ma guarda chi si vede! Bravo Uei Ming! – esclamò Cion Cion Blu tutto contento. – Sei venuto a trovarmi?

– Oh no! – cominciò a sospirare l'imperatore. – Cioè, sì. Sei proprio tu l'unico amico fidato che ho. Ecco, volevo chiederti di accompagnarmi dalla fata Valentina Pomodora. Là, su quella montagna con la neve. Sai, sono solo. Accompagnami, ti prego!

– Beh! – disse Cion Cion Blu pensandoci su.
– Veramente avevo un po' da fare. Però, per farti un piacere posso anche venire. Andiamo pure.

E i due uomini, coi tre animali, si avviarono verso il fiume, oltre il quale si stendeva la foresta di bambù.

Subito però il picchio rosso, svolazzando sopra di loro, ricominciò a parlare, mentre il fantasma si lasciava dondolare beatamente nel vento.

– Adesso dobbiamo andarcene, – gridò – ma ricordatevi che, mentre salirete sulla montagna, non dovrete *mai* voltarvi, qualsiasi cosa succeda, e non dovrete *mai* rispondere, qualsiasi voce sentiate.

– Ma quello, – chiese Cion Cion Blu a Uei Ming guardando in aria verso il fantasmino – è quel pazzerello che ti ha mandato una volta la fata Valentina Pomodora?

Punto sul vivo, il fantasma piccolino cominciò a girare come una girandola intorno a Cion Cion Blu ululando:

– Pazzerello io? Pazzerello sarai tu!

Cion, un po' seccato per quell'impertinenza, protestò:

– Ma smettila! Non vedi che non mi lasci camminare? Non volevo mica offenderti.

Ma il fantasma, che ormai si divertiva un mondo, continuò a roteare attorno a Cion Cion Blu, talmente svelto che il picchio rosso non riusciva nemmeno più a beccarlo.

Allora Cion chiamò il suo gatto e disse:

– Saltami in spalla e dai un graffio a questo fantasma.

A Ran Cion, con un balzo, gli saltò in groppa tirando fuori le unghie. Subito il fantasmino schizzò via strillando:

– Ahiaaa! Che unghiacce che ha quel brutto gatto!

E si allontanò rapidissimo seguito dal picchio rosso che gli diceva:

– Lo dirò alla fata, così te le darà di santa ragione.

E tutti e due scomparvero verso la montagna.

– Non lo sapevi – disse Cion a Uei Ming – che i gatti possono graffiare i fantasmi?

Si misero in cammino e così arrivarono in vista del fiume oltre il quale c'era la foresta di bambù.

Non molto lontano da loro, però, senza farsi vedere, due briganti dai lunghi baffoni neri, con dei cappelloni neri e dei grandi mantelli neri, li seguivano. E cavalcavano dei cavalli neri.

# 17

# I briganti nella foresta di bambù

Quei briganti tutti vestiti di nero erano, l'hai già bell'e capito, Brut Bir Bon e Man Gion. Il capo-brigante della tremenda banda dei *Baffoni neri* aveva spiato l'imperatore mentre usciva dalla porticina segreta del palazzo imperiale e si era subito accorto che portava con sé un sacchetto pieno di perle grosse come ciliegie. Allora era andato a chiamare i suoi due compari, ma aveva trovato soltanto Man Gion.

– Chissà dove sarà andato a nascondersi quel Ron Fon! – aveva tuonato Brut Bir Bon. – Quando lo trovo gli do una di quelle bastonate che se la ricorda per sempre. Beh, andiamo noi due.

E armatisi di tutto punto, avevano rubato due

cavalli neri a due contadini e poi, montati in sella, erano partiti al galoppo per inseguire Uei Ming.

Tu dirai che quei briganti erano soltanto in due, mentre con Uei Ming adesso non soltanto c'era Cion Cion Blu, ma anche il suo cane e il suo gatto, oltre al pesciolino. Però devi considerare che Cion e l'imperatore non avevano neanche un'arma, mentre i due briganti non soltanto erano a cavallo, ma sotto i mantelli avevano delle armature di ferro. E poi Brut Bir Bon, non solo aveva un altro spadone grande come quello di prima, ma anche un arco e un turcasso pieno di frecce avvelenate, mentre Man Gion aveva due grossi coltellacci.

Ora, quando i due briganti, inseguendo l'imperatore e Cion Cion Blu, arrivarono nelle vicinanze del fiume, Brut Bir Bon ringhiò:

– Giriamo da quella parte, così prepariamo un agguato in mezzo alla foresta di bambù.

– Sì, sì, – disse Man Gion gongolante – che là ci sono degli alberi pieni di banane.

– Silenzio! – grugnì il capo-brigante. – e guadiamo il fiume.

E molto prima che Cion e Uei Ming arrivassero lungo la riva, i due briganti, girando al largo per non farsi vedere, avevano già attraversato il fiume coi loro cavalli, in un punto dove l'acqua era bassa.

Subito entrarono galoppando nella foresta, fitta

di altissime canne di bambù, per nascondersi e assaltare i due malcapitati.

Galoppa galoppa, la foresta diventava sempre più folta. A un tratto sentirono dei fruscii, poi dei tonfi, poi degli scoppi.

– Che fifa! – balbettò Man Gion, che teneva il suo cavallo ben dietro a quello di Brut Bir Bon.

– E sta' zitto, vigliaccone! – grugnì il capo-brigante. – Sono i rumori che fa il vento tra le canne...

Ma aveva appena finito di parlare che vide una quantità di lampi giallastri guizzare nella foresta. Era un branco di ferocissimi lupi gialli che saltavano verso di loro ringhiando, soffiando e ululando. I due briganti girarono con furia i loro cavalli e li spronarono all'impazzata, mentre i lupi affamati li inseguivano a pochi metri, latrando rabbiosi.

– Maledizione! – tuonava Brut Bir Bon digrignando i denti.

– Mamma mia!! – balbettava Man Gion tremando e aggrappandosi al collo del suo cavallo.

Con i lupi alle calcagna, arrivarono di nuovo in riva al fiume e, senza fermarsi un attimo, spinsero i cavalli nell'acqua. In men che non si dica erano arrivati sulla riva opposta. E fu una bella fortuna per loro che in quel punto l'acqua fosse troppo profonda per i lupi, che rimasero dall'altra parte a ululare.

– Diavoli e fulmini! – urlò Brut Bir Bon con la sua voce rimbombante, facendo caracollare il suo cavallo. – Passiamo da quell'altra parte, così l'agguato lo prepariamo più avanti. Su, muoviti, vigliaccone!

– Ma forse è meglio non pensarci più – propose fioco fioco Man Gion, che teneva il suo cavallo fermo come un asinello.

– Aaaagrr! – urlò Brut Bir Bon.

E senza dire nient'altro, partì col suo cavallo al galoppo. Man Gion lo seguì, ma senza affrettarsi troppo.

Arrivati in un punto molto lontano da quello in cui avevano lasciato i lupi, i due briganti guadarono ancora il fiume e si addentrarono di nuovo galoppando nella foresta di bambù.

– Da questa parte di bestie feroci non ce ne sono – grugnì il capo-brigante. – Mi basta fiutare l'aria per capirlo.

E subito udirono dei ruggiti spaventosi. Due tigri enormi, con le fauci spalancate e con dei denti che sembravano tanti coltelli aguzzi, balzarono su di loro come delle valanghe. Ma i cavalli, senza che nemmeno i briganti li avessero spronati, erano schizzati via nitrendo di paura matta e sbatacchiando i due omacci come dei salsiccioni. Tutta la foresta rintronava dei ruggiti delle tigri che avanzavano saltando più alto delle canne.

Ma i cavalli raggiunsero il fiume in un momento. Però non entrarono in acqua, anzi s'impennarono proprio sulla riva dando un fortissimo colpo di groppa, così che i briganti volarono in avanti finendo in mezzo al fiume. E un attimo prima che le due tigri li raggiungessero, i due cavalli, ormai liberi, partirono al galoppo. E sai dove andarono? Tornarono dai loro padroni. Le tigri, allora, si sdraiarono sulla riva e si misero a dormire.

Intanto Brut Bir Bon e Man Gion stavano per annegare, perché il fiume lì era molto fondo e con tutte quelle armi addosso pesavano due quintali ciascuno. Fecero appena in tempo a aggrapparsi a un tronco d'albero galleggiante e se ne andarono trascinati dalla corrente del fiume.

Mentre la corrente li portava via, videro sulla riva di fronte l'imperatore e Cion Cion Blu che non avevano ancora attraversato il fiume. Perché Uei Ming aveva voluto provare a buttare nell'acqua una perla per vedere se appariva Gelsomina. Naturalmente, dato che lì la perla era arrivata in fondo, Gelsomina era comparsa, ma quella vera, di prima dell'incantesimo.

E allora Uei Ming si era messo a piangere come al solito, implorando:

– Oh, Gelsomina mia! Perché sembri così buona a vederti e invece sei così crudele?

Dopo aver spiato bene bene, nascosto con Man Gion dietro il tronco, Brut Bir Bon ringhiò:

– Diavolo! Siamo ancora in tempo!

– Oh sì, – rispose Man Gion contento – siamo ancora in tempo a tornare a casa prima che ci succeda un patatrac.

– Ma no, bestione! – mormorò cavernoso il brigante. – Siamo ancora in tempo a tendere un agguato. Però – continuò, mentre Man Gion tremava e batteva i denti dalla paura – è meglio non attraversare la foresta. Quelle bestie feroci sono proprio insopportabili. Sai che cosa facciamo?

– Preferirei non saperlo – supplicò Man Gion.

– Ma sei proprio un pigrone, sai? – esclamò

Brut Bir Bon. E per punirlo, dato che non poteva muovere le mani, gli diede una zuccata fortissima, tanto che Man Gion finì sott'acqua e il capo-brigante dovette tirarlo subito fuori boccheggiante, se no annegava.

– Senti, – continuò Brut Bir Bon – invece di attraversare la foresta, le giriamo intorno e andiamo a aspettarli quando escono dall'altra parte. Però, per essere più sicuri, dato che non abbiamo più i cavalli, ci facciamo aiutare da certi banditi miei amici, quelli della banda *Canarina*. Lo sai che è una banda terribile? Stanno là in fondo, al margine della foresta. Così facciamo una bella imboscata.

Finalmente trovarono un punto dove l'acqua del fiume era bassa e raggiunsero la riva dalla parte della foresta.

– E poi, – sghignazzò Brut Bir Bon, mentre camminava verso la tana della banda *Canarina* – quei due stupidoni si faranno divorare dalle belve mentre attraverseranno la foresta. Così troviamo le cose bell'e fatte, che tanto le bestie non mangiano le perle. Che cosa c'è?! – urlò fermandosi.

Perché, lontano, tra i campi fioriti, filavano come due frecce due ombre nere. E quella davanti strillava con voce rauca e ansimante: – Sal... salvatemi... puf puf puf puf... sono... Ro... Ron Fooon... puf puf puf puf...

Mentre l'ombra che stava dietro ringhiava e soffiava. Ma in meno di un minuto le due ombre erano scomparse all'orizzonte.

– Quel Ron Fon! – ghignò Brut Bir Bon. – È proprio un fifone a scappare davanti a un cagnolino così piccolo.

E riprese il cammino.

Il covo della banda *Canarina* era scavato sottoterra e l'entrata era completamente nascosta da una quantità di margherite gialle. I banditi erano dieci piccoli cinesi vestiti di giallo. E avevano la faccia gialla perché erano cinesi, ma avevano anche i capelli e i baffi gialli. Tutt'attorno alla cintura avevano infilati dieci coltelli ciascuno, e in ogni

mano avevano un coltello, e anche tra i denti tenevano sempre un coltello. Perciò non parlavano mai. Si toglievano il coltello di bocca soltanto per mangiare. E mangiavano sempre banane gialle.

– C'è un'imboscata da fare, amici bricconi – urlò tuonando Brut Bir Bon ai dieci cinesini. – E un bel malloppo di perle da rubare. Andiamo?

– Iiiiii! – risposero i dieci banditi, soffiando sui coltelli che tenevano tra i denti: per loro voleva dire «sì».

E le due terribili bande si misero in marcia.

# 18

# Gli amici
# di A Ran Cion e di Blu

Finalmente Cion Cion Blu era riuscito a convincere
Uei Ming a attraversare il fiume. Ma, dato che lì
era profondo, Cion sradicò una lunghissima canna
di bambù, robusta come l'acciaio, e tutti insieme
saltarono dall'altra parte come fanno i saltatori
con l'asta alle Olimpiadi. Poi si avviarono tranquilli
attraverso la foresta. Ma Cion si tenne la canna in
spalla, casomai avessero trovato un altro fiume.
E fu una bella fortuna, come saprai più avanti.

– Senti una cosa, Cion Cion Blu, – disse Uei
Ming – non ci saranno mica delle bestie feroci in
questa foresta?

– Ma certo che ce ne sono, – rispose Cion distratto – è tutta piena.

– Ma noi, – esclamò l'imperatore diventando pallido come il suo berretto di pelo bianco – noi non abbiamo neanche le armi per difenderci.

– Bah! – rispose Cion Cion Blu soprappensiero. – In qualche modo faremo.

E ecco che si udirono un crepitio di canne spaccate e dei ruggiti terrificanti. E davanti a loro balzarono due tigri enormi con le fauci spalancate.

– Aiutooo! – urlò Uei Ming scappando a rotta di collo.

Ma subito il gatto A Ran Cion aveva cominciato a saltare come se fosse ammattito facendo:

– Mrrrmiao, mrrrmiao!

Le tigri allora si fermarono di colpo, si misero sedute e dimenarono i loro codoni facendo:

– Grrrau, ran ran, grrrauuu, ran ran.

– Ma dove vai! – gridò Cion Cion Blu all'imperatore che continuava a scappare inciampando dappertutto. – Non vedi che sono amiche del mio gatto?

Difatti le due tigri e A Ran Cion si erano messi a chiacchierare nella loro lingua. Perché, come sai, i gatti e le tigri sono un po' della stessa famiglia. E dalla contentezza A Ran Cion si mise a far le fusa facendo *ran ran ran*; ma anche le tigri si erano messe a far le fusa, e t'immagini che fracasso facevano.

– *Caro A Ran Cion,* – diceva una delle tigri nella

lingua degli animali – *ma che bella sorpresa incon-trarti mentre non si sapeva cosa fare!*

– *Sapete,* – rispondeva il gatto – *sto facendo un'escursione in montagna con il mio padrone. È un grande alpinista, un alpinista famoso.*

Naturalmente il gatto inventava per darsi delle arie, perché tutti i gatti sono un po' vanitosi.

– *Perbacco!* – diceva l'altra tigre. – *Ma non è mica quello che è scappato il tuo padrone, vero?*

– *Ma no,* – rideva A Ran Cion nel modo dei gatti – *è quello fortissimo, quello vestito di blu e di arancione! Quell'altro è uno che abbiamo incontrato così, ma che non sa far niente.*

– Carissime amiche, – disse a questo punto Cion Cion Blu accarezzando in testa le due tigri – sono proprio contento che A Ran Cion vi abbia trovate. Però è meglio che camminiamo, se no facciamo tardi. Uei Ming, – gridò – andiamo?

L'imperatore era tornato vicino a loro, ma tremava come una foglia.

– Sei proprio si... sicuro – disse – che non mo... mordano?

– Ma sei matto? – protestò Cion Cion Blu. – Sono bestie educatissime.

E si misero in marcia insieme alle due tigri che continuavano a chiacchierare col gatto.

– *Ma sai che si vedono in giro dei brutti ceffi!* – diceva la prima tigre. – *Ce n'erano due poco fa, tutti neri, che valeva proprio la pena di sbranarli.*

– *È meglio che vi accompagniamo,* – aggiunse la seconda tigre – *così non vi faranno scherzi. Anzi, già che ci sono, quasi quasi chiamiamo anche i lupi gialli.*

– *I lupi gialli!* – abbaiò il cane Blu, che fino a quel momento non aveva detto niente dato che non era stato presentato. – *Ma sono amici miei!*

– *Benissimo!!* – esclamarono le due tigri. – *Così facciamo una bella compagnia di vecchi amici.*

E subito si misero a ruggire con quanto fiato avevano:

– *Lupi gialli! Lupi gialli!*

Ti puoi immaginare che baccano spaventoso

fanno due tigri che ruggiscono più forte che possono. L'imperatore per poco non si buttò in terra dalla paura.

Ma si buttò subito dopo, perché da tutte le parti comparvero dieci grossi lupi gialli dai lunghi denti aguzzi, che ringhiavano. Ringhiavano di contentezza, ma ringhiavano.

Il cane Blu, allora, cominciò a abbaiare le sue chiacchiere mentre i lupi gialli rispondevano tutti insieme ululando, così che non si capiva niente. Cioè non capiva niente il cane Blu.

Uei Ming, intanto, si era rimesso in piedi, ma per gettarsi tra le braccia di Cion Cion Blu, urlando:

– Salvami, salvami tu!

E dalla disperazione gli dava tanti baci sulla faccia. Cion lo prese per le spalle e tenendolo fermo esclamò:

– Calmati! Non avrai mica paura di tutte queste brave bestie, no?

– Sì, sì, – urlò Uei Ming tremando e battendo i denti – ho una paura matta! una paura matta!

– Beh! – disse Cion Cion Blu. – Se uno ha paura non c'è niente da fare.

Poi, rivolgendosi a quel branco di belve, al suo gatto e al suo cane, disse:

– È meglio che restiate un po' indietro, se no Uei Ming dalla paura non riesce più a camminare.

– *Sì, sì,* – urlarono tutti quegli animali, facendo rimbombare la foresta – *restiamo qui indietro, così giochiamo a nasconderci.*

E si sparpagliarono da tutte le parti giocando a perdifiato e divertendosi davvero un mondo.

Cammina, cammina, Cion Cion Blu e Uei Ming erano arrivati alla fine della foresta. E stavano per uscire proprio in una valletta alberata, oltre la quale cominciavano le prime balze della montagna, quando, dalle rocce che c'erano intorno, saltarono fuori due cinesoni neri e dieci cinesini gialli, con spadoni e coltellacci, che urlavano e sibilavano. Naturalmente quelli che sibilavano erano i cinesini: tra i denti. Man Gion, intanto, si copriva la faccia col mantello per non farsi riconoscere da Cion Cion Blu.

Cion e Uei Ming in un attimo si trovarono circondati.

– O le perle o la vita! – tuonò Brut Bir Bon facendo roteare lo spadone sopra la sua testa.

– Aiuto! – gridò Uei Ming, nascondendosi dietro al suo amico.

Ma Cion Cion Blu, tranquillissimo, disse ai banditi:

– Vi consiglio di scappare subito, e a gambe levate! –. Poi fece un fischio e schioccò le dita.

Subito uscirono dalla foresta il gatto A Ran Cion e il cane Blu.

– Che cosa credi, – sghignazzò Brut Bir Bon – che abbiamo paura del tuo micino e del tuo cagnolino?

Ma impallidì di colpo e cominciò a scappare, e tutti i banditi scapparono urlando di terrore. Perché dalla foresta erano balzati fuori le due tigri e i dieci lupi gialli, con ruggiti e ringhi spaventevoli.

I dodici banditi fecero appena in tempo a arrampicarsi ciascuno su una palma che si trovarono tutti là in cima con sotto una bestia feroce che aspettava: una per ciascuno. Le due tigri s'erano messe sotto le palme di Brut Bir Bon e di Man Gion e i dieci lupi gialli sotto le palme dei dieci banditi gialli.

– Adesso – esclamò Cion sorridendo – possiamo anche cominciare a salire sulla montagna.

Poi si chinò a accarezzare il cane e il gatto per ringraziarli e fece anche uno schiocco sopra la vaschetta per salutare Bluino che in tutto quel tempo aveva dormito pacifico.

– Blu e A Ran Cion, – disse poi – avvertite i vostri amici che, quando noi saremo abbastanza lontani, lascino pure andar via quei banditi. Perché forse adesso diventeranno bravi.

Blu abbaiò e A Ran Cion miagolò per riferire quello che aveva detto Cion Cion Blu. E poi si sentì una quantità di ruggiti e ringhi che volevano dire:

   – *Ciao, ciao, tornate a trovarci, vi aspettiamo* –.
Ma erano così tremendi che i banditi si spaventarono sempre di più.

   E i dieci cinesini per prima cosa sputarono tutti assieme i loro coltelli. Poi cominciarono a urlare:

– Questi lupi gialli sono gli spiriti gialli dei nostri bisnonni gialli che ci vogliono punire per tutte le nostre bricconate. Noi d'ora in avanti non faremo più i banditi, mai più. Ci metteremo a fare i bravi contadini.

E si sfilarono tutti i coltelli e li buttarono via. E andarono a fare i bravi contadini; ma naturalmente quando i lupi gialli li lasciarono scendere.

Brut Bir Bon, invece, non diventò per niente bravo. E appena poté scendere dalla palma ricominciò a inseguire Uei Ming e Cion Cion Blu trascinandosi dietro Man Gion che avrebbe voluto smettere anche lui di fare il brigante, e persino il barcaiolo, per andare a fare il contadino e coltivare tante cose buone da mangiare.

# 19

# Tra le rocce
# della montagna

Nella valletta che separava la foresta di bambù dalla montagna della fata Valentina Pomodora c'erano due boschetti. Uno era formato dalle dodici palme su cui stavano appollaiati i dodici briganti e sotto a cui stavano accovacciate le dodici bestie feroci che guardavano in su leccandosi i baffi. L'altro era formato da tanti alberi del pane, alberi del burro, alberi del latte e piante di caffè.

– Che fame che ho! – disse l'imperatore, mentre camminava attraverso la valletta vicino a Cion Cion Blu. – Sono diventato magro dalla paura. E è già passato mezzogiorno da un bel po'!

– Allora – disse Cion Cion Blu – con tutti questi alberi ci faremo un bel caffelatte con pane e burro.

E in un attimo preparò delle belle tazzine di caffelatte, con pane e burro. Le tazzine le aveva fatte tagliando in due delle grosse arance e adoperando le bucce.

– Non c'è altro? – piagnucolò Uei Ming, dopo aver bevuto ben cinque tazzine di caffelatte con molto pane e burro.

– Ma certo, caro amico, – rispose Cion Cion Blu con un bel sorriso – ho una quantità di arance.

– Oh no! – piagnucolò ancora l'imperatore. – Povero me! Potessi mangiare degli gnocchi o una bella zuppa di cavoli neri! – e sospirò.

– Li chiederemo alla fata Valentina Pomodora – disse Cion – e allora è meglio incamminarci subito. Però ricordiamoci di quello che ci ha detto il picchio rosso: *mai* voltarsi indietro, qualsiasi cosa succeda, *mai* rispondere, qualsiasi voce sentiamo.

E subito cominciarono a salire sulle prime balze della montagna che, fin dove si vedeva, era formata di sabbia, di sassi, di rocce. Non c'era neanche un albero.

Avevano fatto i primi passi quando udirono dietro di loro un fracasso tremendo. L'imperatore, spaventatissimo, fece per voltare la testa, ma sentì un grande schiaffo sulla faccia.

– Scusami se ti ho dato uno schiaffo così forte! – disse Cion Cion Blu. – Ma dovevo impedirti di voltare la faccia. Ricordati che non devi *mai* voltarti.

Ripresero il cammino e subito, dietro di loro, sentirono della gente che rideva a crepapelle dicendo:

– Che ridere che fa!! Hahaha!! È la cosa più buffa che abbia mai vista! Guardala! Hahahaha! Guarda che smorfie che fa, che naso a patatona che ha...

Ma i due amici continuarono a arrampicarsi guardando in alto.

– Che cosa vuoi che m'importino le cose da ridere! – diceva Uei Ming a Cion Cion Blu. – Con la fame che ho!

Immediatamente sentirono dietro di loro della gente che mangiava masticando rumorosamente. E diceva, parlando con la bocca piena:

– Che bontà questi gnocchi! Sono proprio teneri.

– Ma dovresti assaggiare anche questa zuppa di cavoli neri! È pepata! E con tutto questo buon pane nero...

Uei Ming spalancò gli occhi, aprì la bocca e, se Cion Cion Blu non gli avesse fermato la testa con tutt'e due le mani, si sarebbe voltato di sicuro.

– Ti capisco, povero amico, – gli disse Cion – ma è un trucco per farci voltare.

– Hai ragione, Cion Cion Blu, – sospirò Uei

*Ripresero il cammino e subito, dietro di loro,*
*sentirono della gente che rideva a crepapelle.*

Ming – ma proprio di minestre così buone devono parlare?

Intanto, continuando a masticare, una delle bocche mangione aveva cominciato a dire:

– Che buono questo riso coi ranocchietti, conditi con...

Ma fu interrotta da una risata di Uei Ming che gridò rabbioso:

– C'è della gente che ha proprio dei gusti balordi! A me i ranocchietti mi fanno un po' schifo. E poi non mi piace nessuna minestra, mi piacciono soltanto le pietanze!

Allora le bocche mangione, dietro di loro, ricominciarono a masticare ancora più golosamente, dicendo:

– Senti, senti, questo tacchino ripieno di salsicce e castagne!

– E io, sai che cosa sto mangiando? Delle triglie al burro con lo zafferano; e una bella insalata di finocchi!

Allora Uei Ming disse:

– Sapessi, Cion Cion Blu, come non mi piace la carne! E neanche il pesce!

E non era vero, ma subito le bocche mangione fecero schioccare la lingua, gridando:

– Finalmente i dolci! Che bella torta di ciliegie e fichi!

– E io ho la panna montata con le fragole!

Ma Cion e Uei Ming salivano senza mai voltarsi. A un certo punto Cion Cion Blu disse:

– Con questo caldo, chi vuoi che abbia fame? Vero, Uei Ming?

– Ma nessuno! – rispose l'imperatore pensando di nascosto a una quantità di cose buone. – Figurati!

E le bocche golose, mettendosi a succhiare, strillarono:

– Senti che bontà! È un gelato di pistacchio con le mandorle.

– Io invece ho un grossissimo gelato di tutti i gusti: fragola, crema, lampone, nocciola.

Ma Cion Cion Blu si mise a ridere e disse a Uei Ming:

– C'è della gente talmente sciocca che mangia i gelati quando ha sete. Tutti sanno che i gelati la fanno venire la sete, no?

Di colpo le bocche cominciarono a bere grandi sorsate, mentre si sentiva una quantità di liquidi che gorgogliavano. E le voci dicevano tra una sorsata e l'altra:

– Io mi bevo un bel po' di latte di cocco freschissimo!

– E io un bel bicchierone di succo d'uva ghiacciato!

– E noi, Uei Ming, – disse Cion Cion Blu – ci

mangiamo delle arance vere, che ci faranno passare la sete per davvero.

Tutto allegro tirò fuori dal suo sacco quattro arance e ne diede due a Uei Ming che, questa volta, le mangiò di gusto. Intanto Cion Cion Blu si faceva saltare le altre due arance tra le mani canterellando:

*– Chi mangia zuppe, chi mangia gnocchi,*
*chi mangia triglie coi finocchi,*
*chi mangia torte e lecca gelati,*
*chi beve latte e succhi ghiacciati,*
*mangia e beve che è un piacere.*
*Ma noi mangiamo arance vere.*

Non appena aveva cominciato a canterellare facendo saltare le arance tra le mani, Cion aveva sentito un fruscio di passi proprio di fianco a lui... e ecco che, a un tratto, gli saltellarono davanti due folletti piccolini. Avevano degli occhi stralunati e delle orecchie aguzze, e fissavano le arance di Cion Cion Blu incantati.

Cion si gettò su di loro e fu talmente svelto che riuscì a acchiapparli tutti e due in una volta. Subito cominciò a dirgli:

– Siete qui sulla montagna per impedire alla gente di salire?

I due folletti si dimenavano come delle anguille, ma Cion li teneva ben stretti.

– Sì, siamo qui per questo; ma adesso lasciaci, per favore. Dobbiamo continuare a darvi fastidio! Oppure non vuoi?

– Perché ci siete saltati davanti? – chiese Cion.

– Perché non avevamo mai visto delle arance vere – piagnucolarono i folletti. – Ce ne dai una, per piacere, una sola, che ce la dividiamo? Ce la dai?

– E tutti quei versacci li facevate con niente, vero? – continuò Cion Cion Blu.

– Sì, con niente. Ma non ti sembra terribile far sempre finta di mangiare tante cose buone senza mangiarle?

– Mi è venuta un'idea – disse Cion. – Se la smettete di darci fastidio e di farci domande vi do un'arancia per uno; anzi una subito e una alla fine della salita, così non ci fate scherzi.

I folletti diventarono subito contentissimi.

– Sì grazie, vi lasciamo stare. Però, le altre arance daccele prima che incomincino le nevi, perché sulle nevi non possiamo venire. Ce le dai prima?

– Senti, Uei Ming, – disse Cion Cion Blu all'imperatore, che era rimasto muto dallo stupore, – le altre arance gliele lasciamo in terra dove cominciano le nevi, hai capito?

– Sì, Cion Cion Blu, – disse l'imperatore – ma perché lo dici a me?

– Perché, – rispose Cion – il picchio rosso ci aveva avvertito di non rispondere *mai* a nessuna voce.

– Ma tu, – disse Uei Ming – parlando con quei folletti, hai risposto tante volte, no?

– Neanche una volta, – rispose Cion – hanno sempre risposto loro a me.

I folletti erano mogi mogi.

– È vero, – dissero insieme – speravamo che una volta ci rispondessi. Ma dacci le arance almeno. Ce le dai?

Cion diede le arance a Uei Ming e Uei Ming le diede ai folletti. Perché se gliele avesse date Cion Cion Blu, anche stando zitto avrebbe dato una risposta. Poi i due amici ripresero il cammino.

– Grazie, grazie! – strillarono dietro di loro i folletti.

E stettero proprio buoni per paura di perdere la seconda arancia. Così Cion e l'imperatore arrivarono dove le rocce finivano e cominciavano le nevi, che si stendevano fino alla cima della montagna. Era sera.

Fu proprio in quel momento che Brut Bir Bon e Man Gion, finalmente lasciati liberi dalle tigri, cominciarono a salire sulle prime balze della montagna per inseguire l'imperatore e portargli via le perle. Come ti ho detto, Man Gion proprio non avrebbe voluto; ma Brut Bir Bon l'aveva trascinato per un pezzo tenendolo per il collo con la sua manona.

Brut Bir Bon poi era talmente furioso e Man Gion talmente depresso che nessuno dei due si voltò né quando sentirono dietro a loro il fracasso spaventoso, né quando i folletti fecero le loro gran risate. Ma poi cominciarono a far finta di masticare dicendo:

– Uuh! Com'è buona questa salsiccia coi fagioli stufati! Ma se sentissi questa frittata col formaggio! E queste bistecche ai ferri!

E Man Gion, fin dalle prime parole si era voltato, spalancando la bocca, gli occhi e le mani e balbettando:

– Sal... salsicce! Fritta... ta! Bibi... bi... stecche!!!

In un momento un turbine di sabbia lo avvolse e, girando girando, ne fece una palla che cominciò a rotolare per la montagna, veloce, sempre più veloce; e l'enorme pallone fatto di sabbia e di Man Gion continuò a rotolare fino alla valletta e poi schizzò nella foresta scatenando la furia di tutte le belve, che lo rincorsero. Ma il pallone continuò a rotolare e attraversò tutta la foresta fino al fiume, dove cadde con un gran tonfo che alzò spruzzi altissimi.

Qui la sabbia si sciolse e Man Gion, completamente rimbambito, cominciò a annaspare nell'acqua. Fortuna che anche questa volta trovò un tronco galleggiante a cui aggrapparsi, perché l'acqua lì era profonda. E se ne andò con la corrente sbattendo la bocca piena di sabbia.

Intanto Brut Bir Bon, furioso e urlante, continuava a arrampicarsi sulla montagna senza neanche accorgersi delle chiacchiere dei folletti. E nemmeno si era accorto che Man Gion era rotolato via.

# 20

# Tra le nevi della montagna

Era già quasi buio quando Cion Cion Blu posò al margine delle prime nevi le due arance che aveva promesso ai folletti. Ma naturalmente non si voltò a guardare se venivano a prenderle. Poi cominciò a salire insieme a Uei Ming, mentre il cane Blu e il gatto A Ran Cion si rotolavano nella neve abbaiando e miagolando dal gran divertimento.

Ma avevano fatto i primi passi che si alzò un vento gelido e sibilante. I due amici, tutti infreddoliti, si strinsero nei loro abiti, perché, come sai, erano abituati a stare al caldo e avevano dei vestiti leggeri. Uei Ming dopo un po' cominciò a starnutire e Cion Cion Blu gli disse:

– Corriamo, amico, così ci riscaldiamo.

E cominciò a correre su per la montagna, benché affondasse nella neve con le sue pantofole blu.

– Aspettami, Cion Cion Blu! – gli gridava Uei Ming. – Sono stanco, non riesco a correre, ho freddo, affondo nella neve!

Poi successe una cosa molto buffa. Mentre correva, Cion vide davanti a sé un monticello di neve e fece un salto per salirci sopra con tutti e due i piedi; ma ricadde nel vuoto come se, invece che di neve, fosse fatto di fumo bianco. Poi quel monticello cominciò a ridere, strillando:

– Hahaha! Te l'ho fatta, eh? Sono un fantasma accoccolato in terra! Che figura da stupido che hai fatto! Ti è piaciuto lo scherzo?

– Uei Ming! – gridò Cion Cion Blu, senza voltarsi. – Vieni avanti senza dir niente neanche a me. Così sono sicuro che non rispondi a nessuno. Qui, a farci diventar matti, ci sono i fantasmi.

E mentre l'imperatore avanzava zoppicando, ecco che due fantasmi gli volarono proprio in faccia, sghignazzando:

– Ti piacerebbe vedere il ritratto di Gelsomina? Ti piacerebbe?

– Ti piacerebbe vedere che cosa sta facendo ora Gelsomina? Ti piacerebbe?

E tutti e due gli agitarono davanti agli occhi dei quadretti luccicanti, ma così velocemente che Uei

Ming non riusciva a vedere niente. E poi, sentendo nominare Gelsomina, era rimasto così sconvolto che per un momento non riuscì a parlare. E fu una fortuna, perché Cion Cion Blu, benché non potesse vedere i due fantasmi, dato che non poteva voltarsi, sentì quello che dicevano e subito urlò:

– Non rispondere! Non dir niente! È un trucco! Vieni vicino a me!

Uei Ming ricominciò a camminare, ma il primo fantasma, svolazzando e ridendo, gli sibilò nelle orecchie:

– Non è un trucco, caro il mio bell'imperatore. Guarda un po' qui la tua adorata fidanzata. Che begli occhi verdi! non vedi? che bei capelli neri! ti piace? ti piace?

E gli mise davanti agli occhi un quadretto su cui si vedeva proprio la sua Gelsomina, così bella che sembrava viva.

Uei Ming gettò un urlo, cominciò a battere i denti e si mise a correre, mentre il secondo fantasma gli si avvolgeva intorno come una sciarpa bianca sussurrandogli nelle orecchie:

– L'hai visto il ritratto di Gelsomina? E adesso vuoi vedere sul mio quadretto cosa sta facendo in questo momento? Vuoi? Vuoi?

Uei Ming agitò le braccia, fece ancora qualche passo e disse:

– Uouououo uouo uouo uo...

Perché era arrivato vicino a Cion Cion Blu che
gli aveva tappato la bocca con la mano. Appena
in tempo. Poi Cion lo sgridò:

– Ma sei matto? Ma vuoi rovinare tutto, che
siamo quasi arrivati? E se qui rimango solo io, che
cosa vado a fare dalla fata Valentina Pomodora?
A bere il tè di gelsomino?

– Il tè di gelsomino! – singhiozzò l'imperatore.
– Voglio il tè di gelsomino! Mia fidanzata bellissima
e crudele! Però... fa un freddo spaventoso!

Subito guizzarono davanti a loro tre fantasmi
tutti assieme.

– Volete due belle pellicce calde? – sghignazzò
il primo fantasma sventolando addosso a loro due
grandi pellicce di pelo bianco.

E sentirono proprio il pelo caldo scivolare sulla
loro faccia.

– S... – sibilò Uei Ming, rimangiandosi il «sì» che
stava per dire, dato che Cion Cion Blu gli aveva di
nuovo tappato la bocca.

– Cos'hai detto? – gli rise in faccia il fantasma.

Uei Ming mandò giù tanta saliva perché stava
per dire: «Non ho detto niente».

Poi gli venne vicino il secondo fantasma ghi-
gnando felice:

– Ho mille tappeti con me. Guardate, guardate!

E cominciò a distendere davanti a loro una serie di tappeti rossi tutti in fila, così che l'imperatore e Cion Cion Blu poterono camminare senza più affondare nella neve gelida.

– Ecco, – continuò il fantasma con una risata – ne ho messi dieci. Volete che ne metta tantissimi? Fino alla cima della montagna? Volete? Volete?

Cion Cion Blu avanzava sui tappeti muto come il suo pesciolino. E anche Uei Ming, perché aveva la mano del suo amico premuta sulla bocca.

– Allora vi tolgo anche quello su cui camminate! – strillò il secondo fantasma, facendo sparire tutti i tappeti in un attimo, così che Uei Ming e Cion piombarono nuovamente nella neve sprofondando fino al ginocchio.

– Io ho degli stivali tutti fatti di calore puro! – gridò il terzo fantasma con una risata, strisciando rapido attorno alle loro gambe. – È fredda la neve, vero? Dimmelo tu da bravo, Uei Ming, non è fredda?

Ma l'imperatore quasi non capiva niente tra tutte quelle chiacchiere. E poi la mano di Cion era sempre lì, sulla sua bocca.

– Ora vi infilo uno stivale per uno, e sentirete che caldo!

E il fantasma sparì nella neve tra le loro gambe. Un attimo dopo cominciarono a sentire un calore meraviglioso in un piede, un piede per ciascuno. E il calore saliva, saliva. E riscaldava tutto. Ma da una parte sola.

– State bene, amici carissimi? – scoppiò a ridere il terzo fantasma sfilandosi fuori dalla neve, mentre gli altri due gli battevano delle lenzuolate allegre sulle spalle. – State ben caldi? Da una parte sola? Lo volete, l'altro stivale di calore? Avete detto che lo volete, vero?

Ma i due amici continuavano a camminare silenziosi come se fossero stati loro i fantasmi.

– Allora, via anche quelli che vi ho messo! – urlò il terzo fantasma, questa volta proprio rabbioso.

E un attimo dopo Cion e Uei Ming sentirono di nuovo tutt'e due le gambe gelate come prima, mentre i tre fantasmi volavano via con gran gesti di stizza.

Cion Cion Blu tirò il fiato e lasciò libera la bocca di Uei Ming.

Ormai era notte, ma ci si vedeva benissimo perché nel cielo c'era una grande luna gialla che irradiava una luce fosforescente sulle nevi della montagna. Continuando la salita, Cion disse:

– Questi fantasmi sono proprio un bel fastidio. Ma almeno ci vengono sempre davanti. Prima, coi folletti, era peggio, perché stavano sempre dietro.

Immediatamente sentirono dietro di loro delle voci irridenti che urlavano:

– Sembrate tutti e due dei maiali! Dei maiali sporchi! Anzi, sembrate dei brutti scimmiotti spelacchiati, ma con la faccia di galline che hanno appena fatto l'uovo! E poi siete dei noiosi, dei pigri, dei fifoni! E poi siete dei bugiardi, degli impertinenti, dei ficcanaso! E poi...

– Sai Uei Ming che certa gente sta dietro le spalle perché non ha il coraggio di farsi vedere in faccia? – disse Cion Cion Blu tappando subito la bocca all'imperatore.

Subito sentirono un turbinio di vento e davanti a loro guizzarono quattro fantasmi dagli occhi truci che ricominciarono a urlare insolenze soffiando aria gelida in faccia ai due amici:

– Non ti sembra, Uei Ming, – disse Cion – che quattro siano troppi? Ma sì, ecco che cosa ci vuole!

E cominciò a chiamare:

– A Ran Cion! A Ran Cion! Vieni a affilarti le unghie su queste quattro lenzuola screanzate.

Il gatto, che aveva continuato a rotolarsi felice nella neve saltando qua e là, schizzò a grandi salti verso il suo padrone e poi, tutto felice, cominciò a balzare sui quattro fantasmi, uno dopo l'altro, con tutte le unghie fuori.

E i fantasmi: – Ahi! Ahi! Ahi! Ahi! – urlarono

attorcigliandosi fra loro perché cercavano di scappare, ma con una tale agitazione che s'infilavano uno nell'altro.

Finché cominciarono a volare rotolando nell'aria in un enorme groviglio, su cui il gatto girava a colpi di unghiate come se girasse intorno alla luna. E il cane Blu cominciò a ululare come fanno i cani quando vedono la luna.

Poi Cion li chiamò e il gatto gli saltò sulla spalla. E tutti insieme continuarono il cammino.

Più nessun fantasma li disturbò. Volavano a frotte lontani. Qualche volta urlavano delle frasi, ma non si capiva niente.

Così, a notte fonda, arrivarono in cima alla montagna. Qui si apriva una caverna davanti alla quale c'era un drago, un drago rosso come il fuoco; ma era un drago bonaccione, con un naso piccolino, che aveva due narici tonde e rosse come due ciliegie, e due occhi un po' addormentati. E poi scoppiava a ridere tutti i momenti. Sulla sua testa era posato il picchio rosso e tra le sue zampe davanti, raggomitolato come un gatto, c'era il fantasmino che dormiva.

– Benvenuti! – disse il drago. – La fata Valentina Pomodora vi aspetta; e sbrigatevi che è impaziente – e giù a ridere. – Però, passando, fate piano per non svegliare il piccolino.

E con una delle sue zampone indicò il fantasma addormentato.

– Mi pareva – disse Uei Ming – che tra tutti quei fantasmi mancasse proprio il più insopportabile.

Camminando in punta di piedi, l'imperatore e Cion Cion Blu entrarono nella caverna col cane, col gatto e col pesciolino.

Intanto, sai dov'era arrivato Brut Bir Bon? Era arrivato alle prime nevi. E sai quali furono i primi fantasmi che incontrò? Furono i quattro fantasmi insolenti, che erano rabbiosi e doloranti per le graffiate del gatto. E pensa che, prima ancora che

cominciassero a parlare, il capo-brigante aveva
urlato rabbioso:

– Tiratevi via dai piedi, brutti musi slavati!

Allora i quattro fantasmi ululavano in coro:

– Sei il più orribile, disgustoso dei furfanti.

Sei il più vigliacco, farabutto dei briganti. Sei...

Ma già Brut Bir Bon aveva dato una rispostaccia furibonda:

– E voi siete i più luridi strofinacci da cucina...

Di colpo si alzò un'ondata turbinosa di neve che lo avvolse in una enorme palla e cominciò a rotolare a valanga diventando sempre più grande. E quando finì la neve, l'enorme palla si coprì di sabbia e di sassi precipitando e rimbombando giù per la montagna. E attraversò la valletta e attraversò tutta la foresta, tra la furia delle belve, e piombò come una frana nell'acqua del fiume. Qui la sabbia e i sassi si staccarono subito, ma la neve si sciolse a poco a poco. E Brut Bir Bon se ne andò via con la corrente, galleggiando nel suo enorme blocco di neve, da cui solo dopo molto tempo cominciarono a spuntare la testa, le mani e i piedi.

E navigò così per un pezzo.

# 21
# La grande caverna

Appena entrati nella caverna, Cion Cion Blu e l'imperatore videro che non si vedeva niente. C'era un buio talmente buio che quasi non capivano se avevano gli occhi chiusi o aperti. Naturalmente avevano gli occhi aperti, anzi spalancati. Però non capivano dove stavano camminando. E faceva un freddo talmente freddo che la neve di prima, in confronto, era calda.

– Che buio, Cion Cion Blu! – si lamentò Uei Ming. – E che freddo, mamma mia!

– Chissà perché? – disse Cion Cion Blu. – Poteva almeno metterci un lumino, la fata Valentina Pomodora, non ti pare? E poi, con le loro magie, le fate possono inventare qualsiasi cosa.

– Macché, – squillò ridendo una voce pazzerellona che si agitava nell'aria dietro di loro – c'è una quantità di cose che le fate non riescono a fare. Volete sapere quali sono? Volete saperlo?

– Ci mancava anche lui! – disse spazientito l'imperatore. – È quell'insopportabile di un fantasmino che si è svegliato, lo riconosco dalla voce. Chissà se adesso almeno possiamo voltarci e rispondere?

– Io credo di sì – rispose Cion Cion Blu. – Però non si sa mai. A Ran Cion, – disse poi al suo gatto – rincorri un po' quel dispettoso, che ha paura delle tue unghie.

Subito dopo il fantasmino, che naturalmente nel buio ci vedeva benissimo, guizzò davanti a loro strillando:

– No! No! No! – e si allontanò rapidissimo rincorso dal gatto. – Volevo solo fare uno scherzo!

– Sei proprio uno sciocco! – gridò il picchio rosso inseguendo anche lui il fantasma piccolino. – Persino qui dentro devi fare il matto! Vedrai che cosa ti fa la fata Valentina Pomodora!

– Picchio rosso! – urlò Cion Cion Blu. – Adesso possiamo voltarci e rispondere?

– Ma certo che potete – rispose il picchio rosso che aveva già quasi raggiunto il fantasmino.

Cion richiamò il gatto e Uei Ming si voltò da tutte le parti dicendo:

– Finalmente! Mi sembra di avere il torcicollo a tener sempre la faccia in avanti. Però non si vede proprio niente. Nemmeno l'entrata della caverna.

Era grande quella caverna. Tanto che Cion Cion Blu non aveva neanche dovuto abbassare la canna di bambù che portava in spalla. Poi, a un certo punto si accorsero che in alto c'erano le stelle, eppure il cielo sembrava piccolo piccolo e l'orizzonte pareva vicino vicino.

– È una magia di sicuro – disse l'imperatore. – Tra poco arriveremo in un altro posto.

– Guardiamo da che parte vanno il picchio rosso e il fantasma – disse Cion Cion Blu – e andiamo di là.

Ma si accorsero di una cosa stranissima: il picchio rosso e il fantasmino filavano velocissimi davanti a loro, eppure sembravano sempre vicini.

– Hai visto Cion Cion Blu? – disse Uei Ming stupefatto. – Scappano senza scappare. Come mai?

– Forse – disse Cion – vogliono indicarci la strada.

Ora, alla luce delle stelle, potevano almeno vedere un po' e andare più veloci. Ma a un tratto il fantasma e il picchio rosso scomparvero. E allora continuarono a camminare senza sapere da che parte dovevano andare. E si accorsero che non arrivavano mai in nessun posto.

– Sono stanco! Ho freddo! – si lamentava l'imperatore.

E strascicava i piedi come un vecchietto, tremando, battendo i denti e stringendosi con le braccia per cercare di scaldarsi da solo.

– A Ran Cion, – disse Cion Cion Blu – salta sulle spalle di Uei Ming così lo scaldi un pochino.

Il gatto balzò in spalla all'imperatore e si distese attorno al suo collo come una pelliccia, facendo le fusa per scaldarlo ancora di più.

E camminarono un'ora, e camminarono due ore, e camminarono tre ore, e Uei Ming si era addormentato, tanto era stanco, ma continuava a camminare lo stesso. Poi si svegliò e cominciò a piangere dicendo:

– Non arriveremo mai in nessun posto, vedrai! Moriremo di freddo e di stanchezza. Sembra sempre di arrivare e non si arriva mai, mai, mai!

– Vedrai che arriveremo in qualche posto – lo consolò Cion Cion Blu. – Le fate sono brave.

Ma non arrivavano mai. E camminarono quattro ore, e camminarono cinque ore, e camminarono sei ore. E Uei Ming si addormentò ancora, sempre camminando, poi si svegliò, si mise a piangere, si addormentò, si svegliò, si mise a piangere. Finché, a un certo momento, borbottò:

– Cion Cion Blu, non ce la faccio più.

Si fermò, chiuse gli occhi e cadde in avanti lungo disteso, mentre il gatto saltava via dalle sue spalle e si metteva a correre nel prato in mezzo alle margheritine.

Perché, chissà come, in quel momento erano arrivati in un grande prato coperto di margheritine bianche. Il cielo era azzurro come i fiordalisi, ma era un cielo così piccolo che, dove finiva il prato, c'era già l'orizzonte. Un po' dappertutto volavano delle farfalle turchine, gialle, cremisi, arancione, celesti e vermiglie. Nel prato c'erano moltissimi folletti dagli occhi furbi e dalle orecchie aguzze, che se ne stavano seduti tra i fiori e intanto cucivano una quantità di vestitini e di pantofoline di tutti i colori. Lavoravano svelti svelti, ma intanto si

davano pizzicotti, si tiravano le orecchie, si punzec-
chiavano con gli aghi, si facevano sberleffi e poi si
tagliavano l'un l'altro i fili con cui stavano cucendo.

– Ma siamo arrivati! – esclamò Cion Cion Blu
chinandosi su Uei Ming per aiutarlo a rialzarsi.

L'imperatore aprì gli occhi e, mentre si alzava,
vide accanto a sé una signora grassa e serafica che
sorridendo diceva:

– Adesso vi conduco io.

Aveva dei bei capelli neri e degli occhi verdi
lucenti e il vestito era verde a fiorellini bianchi
di gelsomino.

– Ooooh! – mugolò Uei Ming stralunando gli
occhi.

Poi disse:

– Signora gentile, ma perché sei vestita proprio
come la mia fidanzata Gelsomina? E poi, anche
se sei grassa, assomigli talmente a Gelsomina che
hai gli stessi capelli e gli stessi occhi. Come mai?
Come mai?

La signora, allora, con un filo di voce disse:

– Mio caro ragazzo! Ma io sono Min A, la mamma di Gelsomina.

– Ma come! – esclamò l'imperatore. – Ma se
Gelsomina mi aveva detto che la sua mamma era
morta! Oh che gioia! che gioia!

– Che bellezza! – gridò Cion Cion Blu. – Che

bell'incontro abbiamo fatto! Chissà come sarà contenta Gelsomina! Vedrai che diventerà brava.

A queste parole gli occhi di Min A si riempirono di lacrime.

– Purtroppo non potrò vederla mai più, la mia Gelsomina – disse con voce tremante. – C'è un incantesimo terribile che non mi lascia uscire di qui. E l'incantesimo l'ha fatto l'acerrima nemica della fata Valentina Pomodora. Pensate che mi ha tolto la mia bella bambina quando era piccola piccola! Povera me. Ma adesso, ragazzi miei, bisogna proprio che andiamo...

Si asciugò gli occhi e si avviò sul prato in mezzo ai folletti, che continuavano a cucire furiosamente e a farsi dispetti.

– Per chi fanno questi vestiti? – chiese Uei Ming guardando un po' preoccupato i folletti che, mentre passava, gli facevano le boccacce.

– Li fanno per i figli dei cinesi poveri – rispose Min A.

– Meno male! – disse l'imperatore. – Almeno tutti i poveri cinesini avranno dei bei vestiti.

– Sarebbe bello! – sospirò la mamma di Gelsomina. – Ma sono talmente tanti! Però, se anche tu che sei l'imperatore facessi fare un po' di vestiti per quei poveri bambini, invece di lasciare che ci pensino soltanto le fate!

– Io? – disse Uei Ming imbarazzato. – Ma sì. Però io non sapevo che ci fossero tanti bambini poveri in Cina.

E diventò tutto rosso dalla vergogna, perché invece lo sapeva benissimo.

Intanto erano arrivati all'orizzonte e Min A disse:

– Ci siamo, Uei Ming. Coraggio, caro ragazzo. La fata Valentina Pomodora ti sta aspettando.

E, con gran stupore dei due amici, entrò nel cielo azzurro e scomparve. Ma udirono la sua voce che diceva:

– Venite. Non abbiate paura. È un cielo magico.

Subito Cion Cion Blu, insieme al cane e al gatto, entrò nel cielo magico e sparì anche lui. Così Uei Ming, che tremava davvero, si trovò a un tratto tutto solo. Si fermò, si guardò intorno e vide che i folletti si erano alzati tutti in piedi e avevano cominciato a strizzarsi gli occhi l'un l'altro e a far dei gesti continuando a indicarlo. Poi otto o dieci folletti, scoppiando a ridere, spiccarono un salto verso di lui.

E allora anche Uei Ming spiccò un salto, ma dentro il cielo magico.

# 22

# La fata
# Valentina Pomodora

Era un grande giardino ondulato da colline e piccole valli, coperto di primule rosse e sparso di cespugli di rododendri tropicali. Tra i cespugli volavano uccelli di tutti i colori, rigogoli, picchi verdi, cinciallegre, pettirossi e poi verdoni, capinere, fringuelli e tanti usignoli che cantavano con voce spiegata. Il cielo era azzurro come il mare.

Proprio in mezzo al giardino c'era un praticello verde di erba tenera e intorno c'erano dei grandi canestri pieni di ciliegie, di fragole e di lamponi. Al centro del prato, sull'erba, era seduta la fata Valentina Pomodora.

Era bellina e rotondetta. Aveva una faccia paffuta e due gote così rosse che parevano due pomodori. Sul suo vestito, bianco come la neve illuminata dal sole, erano ricamati ciliegie, fragole e lamponi. Dalle sue spalle si alzavano dei lunghi veli bianchi che si muovevano in onde leggere.

Quando Cion Cion Blu entrò nel giardino, la fata teneva sulle ginocchia il fantasma piccolino e lo stava sculacciando piano piano.

– Così impari a fare il disobbediente! Così impari a fare tutti quei dispetti! – diceva un po' arrabbiata.

– Ma non ho fatto apposta! – piagnucolava il fantasmino, scalciando coi bordi del lenzuolo.

– Fata! fata! – diceva intanto tutta allegra la mamma di Gelsomina. – Sono arrivati, finalmente!

– Sono proprio contento di conoscerti, signora fata – disse Cion Cion Blu.

La fata alzò gli occhi e lasciò andare il fantasma, che guizzò subito via gridando:

– E invece avevo fatto proprio apposta! – e scomparve nel cielo azzurro.

– Buongiorno, Cion Cion Blu – disse la fata. – Hai un bel cane e un bel gatto, e anche un bel pesciolino –. Poi aggiunse impaziente: – Ma dov'è Uei Ming?

Proprio in quel momento l'imperatore saltò nel giardino attraverso il cielo magico e subito, togliendosi il berretto di pelo bianco, disse:

– Sono qui, sono qui. Buongiorno, signora fata.

– Ce ne hai messo del tempo a venire! – lo rimproverò la fata. – È da iersera che ti aspetto. E sì che c'era Cion Cion Blu a aiutarti.

– Ma signora fata, – si lamentò l'imperatore – quella caverna col cielo buio non finiva mai!

– Si vede che eri troppo impaziente – lo rimbeccò la fata. – Almeno avrai avuto freddo, no? E eri stanco, no?

– Sì, signora fata, – rispose Uei Ming – credevo di morire!

– Questo mi fa piacere – disse la fata. – È bene che un imperatore provi anche lui il freddo, la stanchezza e... hai anche fame, immagino. È quasi mezzogiorno!

– Mezzogiorno? Ma allora sono due giorni che non mangio! – strillò l'imperatore. – Credo che morirò.

– Non dire bugie – lo riprese la fata. – Ieri ti sei rimpinzato di caffelatte con pane e burro e hai anche mangiato delle arance.

– Ma un po' di caffelatte, – disse Uei Ming – che cos'è?

– È.

E la fata lo guardò severa. Poi si raddolcì e mormorò:

– Min A, cara amica, puoi portare un tè di

gelsomino a Uei Ming e un'aranciata a Cion Cion Blu?

– Oh, mia crudele Gelsomina! – singhiozzò l'imperatore. – Dimmi, signora fata...

– Lo so, lo so – lo interruppe la fata Valentina Pomodora. – Gelsomina ti è sembrata bizzarra, ieri mattina, vero?

– Oh sì, signora fata, ha incominciato a protestare appena mi ha visto e poi...

– Lo so, lo so – lo interruppe di nuovo la fata. – Ma io ti ho mandato il mio bravo fantasmino che ti ha dato un consiglio. Te lo ricordi?

– Oh sì, signora fata. Diceva: «La beltà, non la bontà...» cioè, era un po' diverso, ma era quasi così...

– Lo immaginavo! – esclamò seccata la fata Valentina Pomodora. – Sei un vero scriteriato. Se non capisci neanche quello che ti si dice, a che cosa serve darti i consigli! Il mio consiglio è: «La bontà, non la beltà, porta felicità». Hai capito?

– Sì, – rispose l'imperatore – ma non vuol dir niente... cioè, non è mica un consiglio che si capisce.

– Ma Uei Ming! – disse Cion Cion Blu. – Se la fata ti dà un consiglio bisogna bene che cerchi di capire quello che vuol dire, no?

– Ma quello è una specie di proverbio, – protestò l'imperatore – non è mica un consiglio.

– I proverbi sono sempre dei consigli – disse Cion sorridendo. – Per esempio, ti piacciono i fichi secchi?

– Certo che mi piacciono. Soprattutto con le noci – rispose Uei Ming.

– Ma ti piacciono perché sono belli o perché sono buoni?

– Ma non sono mica belli i fichi secchi.

– Allora ti piacciono perché sono buoni? – domandò Cion Cion Blu.

– Certo, ma che cosa c'entra? – protestò l'imperatore. – Che cos'è che devo fare! Devo andare da Gelsomina a darle dei fichi secchi?!

– No, Uei Ming, – rispose Cion – penso di no. Però mi pare che questa fata gentile voglia dire che se Gelsomina è bella non vuol dire che sia buona. Vedi che cosa ti ha combinato!

– Bravo Cion Cion Blu – disse la fata alzandosi in piedi.

– Ma Gelsomina prima era bella e buona – si lamentò Uei Ming – e adesso è soltanto bella.

– È un po' un rebus, – disse Cion – però il consiglio è chiaro. E quando uno sa come stanno le cose, sa anche come regolarsi.

In quel momento era tornata Min A con due tazze. Ne porse una a Uei Ming dicendo:

– Consolati col tuo tè preferito, ragazzo mio.

E per te, Cion Cion Blu, – continuò, dando l'altra tazza al bravo contadino – ecco una squisita aranciata.

Proprio in quel momento Blu e A Ran Cion, che in tutto quel tempo avevano continuato a saltare in mezzo ai cespugli divertendosi un mondo a far volar via gli uccellini, correndo e correndo erano spariti nel cielo magico.

– Non ti preoccupare per il tuo cane e il tuo gatto, caro Cion Cion Blu. Li ritroverai più tardi. Quanto a te, Uei Ming, – continuò la fata – posso ancora accordarti di consultare i Sette Saggi Sapienti. Cara Min A, vuoi accompagnarli, per piacere?

– Signora fata, – disse Uei Ming precipitosamente – volevo solo chiedere...

– Lo so, lo so – rispose la fata. – Volevi domandarmi come mai Gelsomina appariva nel fiume quando gettavi le perle. È un segreto magico, ma è una magia molto semplice. L'ho inventata io perché poi i pesci del fiume mi portassero le perle. Valgono tanto, sai? E per questa grande sartoria ci vogliono tanti di quei soldi! Ma ora andate dai Sette Saggi Sapienti, che io ho altro da fare.

L'imperatore e Cion Cion Blu salutarono molto garbatamente la fata Valentina Pomodora e

201

seguirono la mamma di Gelsomina, che era già sparita attraverso il cielo magico.

E si trovarono in un'altra caverna illuminata da un cielo profondo come quello del giardino, ma rosso come un tramonto. Tutt'intorno all'orizzonte fiammeggiava un incendio silenzioso, in un grande cerchio di fuoco. Il suolo della caverna era quasi completamente nascosto da montagne di pomodori grossi e sugosi.

Nel mezzo c'era uno spiazzo coperto da un grande tappeto rosso su cui se ne stavano seduti i Sette Saggi Sapienti. Si erano messi proprio come a fare una scaletta, dal più alto, che era molto alto, al più piccolo, che era molto piccolo. Erano tutti grassissimi e se ne stavano rannicchiati, fermi come delle statue, avvolti in grandi mantelli rossi. Avevano delle lunghe barbe bianche e la testa completamente pelata. Con occhi pensierosi guardavano verso il cielo. E pensavano e pensavano.

– Non dimenticate – disse Min A con voce sommessa – che in loro è concentrata tutta la saggezza e la sapienza della Cina.

– Mamma mia, chissà che belle cose ci diranno! – esclamò Cion Cion Blu felice. – Ma che cosa ci fanno qui tutti questi pomodori?

– Mangiano solo pomodori, – rispose Min A

– ma ne mangiano tanti. Dicono che i pomodori li aiutano a pensare.

– E come si chiamano? – chiese l'imperatore.

– Cominciando dal più grasso... volevo dire dal più alto, si chiamano Chin, Ghin, Lin, Quin, Sin, Tin e Zin.

– E che cosa devo chiedere? – domandò Uei Ming un po' intimorito.

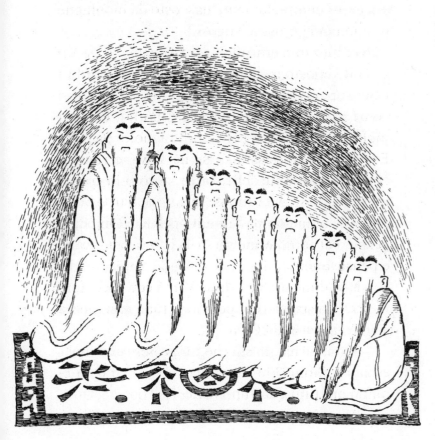

– Non occorre chiedere niente, – rispose la mamma di Gelsomina – anzi non si può. Sanno sempre tutto. Basta avvicinarsi e loro cominciano a parlare.

Min A, l'imperatore e Cion Cion Blu si avvicinarono pian pianino ai Sette Saggi Sapienti e subito Chin, il più grande, si schiarì la gola e disse con voce tremula:

– Quando ti si dà un consiglio devi cercare di capire che cosa vuol dire.

– Ma questo me l'ha già detto Cion Cion Blu – mormorò deluso Uei Ming.

– Lasciamoli parlare! – disse Cion. – Vedrai che ti spiegheranno tutto.

Ma già Ghin, il secondo Saggio Sapiente, diceva:

– Ricordati che i proverbi sono sempre dei consigli.

– Anche questo me l'ha già detto Cion Cion Blu – piagnucolò l'imperatore.

E ecco che Lin, il terzo Saggio Sapiente, domandò:

– I fichi secchi ti piacciono perché sono belli o perché sono buoni?

– Ma me l'ha già chiesto Cion Cion Blu! – protestò Uei Ming.

Lin non aggiunse altro e allora il quarto, Quin, disse con voce fioca:

– Se Gelsomina è bella non vuol dire che sia buona. E viceversa.

– Anche questo l'ha detto Cion Cion Blu! – sospirò l'imperatore.

Intanto Sin, il quinto Saggio Sapiente, aveva già cominciato a dire:

– Il consiglio della fata Valentina Pomodora è un rebus, ma è chiaro.

– Ma l'ha già detto Cion Cion Blu! – balbettò l'imperatore con voce di pianto.

E Tin, il sesto, con voce così lieve che quasi non si sentiva, disse:

– Quando uno sa come stanno le cose, sa anche come regolarsi.

– E anche questo!! – Uei Ming ora piangeva proprio.

– Ssst! – disse Min A. – Dobbiamo sentire quello che dice Zin! Parla sempre pianissimo.

Ma Zin, il settimo Saggio Sapiente, il più piccolo di tutti, dormiva; dormiva a occhi aperti, e russava appena appena facendo *zin zin zin*.

– Adesso andiamo – disse la mamma di Gelsomina.

Si avviò verso il cielo rosso e sparì tra le fiamme. Cion, trascinando Uei Ming piangente, la seguì, preoccupato all'idea di attraversare il cerchio di fuoco. Ma non sentirono nemmeno un po' di caldo. E si trovarono, guarda un po', nel prato coperto di margheritine, dove c'erano anche Blu e A Ran Cion che ora si divertivano a rincorrere le farfalle; e intanto i folletti sarti cercavano di punzecchiarli coi loro aghi, però non ci riuscivano mai.

– Ma non mi hanno proprio detto niente di niente quei Saggi! – protestò Uei Ming smettendo finalmente di piangere.

– Ma sì che ti hanno dato dei buonissimi consigli – disse Min A con un gran sorriso. – Pensaci su e vedrai che li capirai.

Poi diventò triste, e tante grosse lacrime cominciarono a caderle dagli occhi:

– Salutami la mia Gelsomina, Uei Ming, – singhiozzò – e quando puoi, vieni a trovarmi, così mi darai sue notizie. Adesso però dovete andare.

– Oh sì, cara Min A – disse Uei Ming commosso.

– Ora passate di là – disse la mamma di Gelsomina asciugandosi le lacrime – e quando sarete fuori scenderete dalla montagna molto più rapidamente di quando siete saliti.

E si allontanò come se volasse, sparendo nel cielo magico. Cion Cion Blu chiamò Blu e A Ran Cion e si diresse con Uei Ming dove aveva indicato la mamma di Gelsomina. L'imperatore non riusciva quasi a camminare talmente aveva paura di tornare nella caverna buia. Ma appena entrarono nel cielo magico si trovarono, pensa un po', all'uscita della caverna, in cima alla montagna coperta di neve.

Subito si sentirono avvolgere da un turbine di vento che li sollevò nel cielo. Era il primo pomeriggio e il sole splendeva. Ma avevano talmente sonno che si addormentarono. E volarono e volarono.

# 23

# Il duello di Cion Cion Blu e di Brut Bir Bon

Cion Cion Blu, l'imperatore, il cane e il gatto volavano velocissimi nel cielo, trasportati dal vento magico della fata Valentina Pomodora.

Ma volavano talmente tranquilli che stavano comodi come se fossero stati distesi su delle amache. E dormivano. Dondolavano appena, ma così poco che dalla vaschetta di Bluino, appesa nella reticella sulla schiena di Cion Cion Blu, non uscì nemmeno una goccia di aranciata. Naturalmente Cion portava in spalla anche la sua lunga canna di bambù, forte come l'acciaio.

E passarono sulle nevi dove svolazzavano i fantasmi indiscreti, e passarono sulle rocce dove i due folletti dispettosi facevano capriole, e passarono sulla foresta di bambù dove le due tigri e i dieci lupi gialli, vedendoli passare in aria, ruggirono e ululararono balzando qua e là per salutarli. Ma soltanto Blu si svegliò e abbaiò festoso. Persino A Ran Cion continuò a dormire acciambellato nel vento.

Poi, dopo qualche ora, Cion Cion Blu e Uei Ming aprirono gli occhi e si stirarono contenti nel vento. Quindi si voltarono a guardare il panorama.

Erano proprio sul fiume, e allora l'imperatore gettò nell'acqua una perla sospirando:

– Apparirai ancora una volta per farmi soffrire, mia crudele Gelsomina.

Però volavano talmente in alto che Uei Ming non riuscì a vedere un bel niente. E allora sospirò ancora più forte.

Era ormai sera e il vento ora li portava in volo lungo il corso del fiume, che attraversava una grande prateria verde di cui non si vedeva la fine. Soltanto in fondo si stendeva una foresta, vasta e impenetrabile, di alberi giganteschi.

Vicino alla foresta il fiume entrava in un lago dove c'era un'isola coperta di magnolie piene di grandi fiori bianchi. Sull'isola c'era una casina bianca con una veranda dalle tendine aperte che sporgeva sull'acqua. E dal comignolo della casina usciva un filo bianco di fumo.

– Ma guarda! – esclamò Cion Cion Blu. – Stiamo

passando proprio sopra la casina dove sta una mia cara amica. Chissà se ha imparato bene a preparare la minestra che le ho insegnato?

– Una minestra! – esclamò l'imperatore. – Che fame che ho, povero me!

Ecco che il vento si calmò e piano piano li fece scendere nella prateria vicino alla riva del lago. Il cielo era già un po' scuro e dietro i vetri della casina sull'isola si vedevano i lumini verdi degli occhi dei gatti bianchi che si muovevano a due a due.

– Che bellezza! – disse Cion Cion Blu. – Adesso andiamo nella casetta a trovare la mia amica che ci darà da mangiare.

– Ma come facciamo a arrivarci? – chiese Uei Ming. – L'unica barca che c'è è vicina all'isola e non ci serve a niente!

– Ci penserà Bluino – disse Cion. – Però, chi è quel povero viandante disteso là sulla riva?

Disteso sulla riva c'era, indovina un po', Man Gion, che dormiva a pancia all'aria vicino al tronco che l'aveva salvato quando era rotolato giù dalla montagna. Perché la corrente del fiume l'aveva portato fino al lago e era finito sulla riva proprio lì vicino. E quando era arrivato era così stanco che non capiva proprio più niente. Tanto che non si era nemmeno accorto che nel lago c'era un'isola e sull'isola c'era una casina. Si era tolto tutta la sua armatura e l'aveva buttata nell'acqua insieme ai coltellacci, perché proprio non voleva più saperne di fare il brigante.

– Ma è Man Gion! – disse Cion Cion Blu. – È il barcaiolo che ha mangiato i miei gelati. Poveretto! Chissà com'è capitato qui?

Man Gion, sentendo parlare, aprì un occhio e subito gridò:

– Aiuto! Aiuto! Non ho fatto niente!

– Non voglio mica farti del male – disse Cion Cion Blu. – Non sono mica ancora arrabbiato per quei gelati, sai?

Ma in quel momento Cion sentì dietro di sé l'imperatore che gridava:

– Aiuto! Salvami, Cion Cion Blu!

E poi una vociaccia che tuonava:

– Adesso finalmente te le ruberò, quelle perle!

Era Brut Bir Bon che, portato dalla corrente dentro il suo blocco di neve, era arrivato anche lui sulla riva del lago, e proprio lì la neve aveva finito di sciogliersi. Poi la vociaccia ordinò:

– Man Gion! Fedele compare, tieni fermo Cion Cion Blu mentre io derubo l'imperatore.

Ma il povero Man Gion, che era appena riuscito a alzarsi in piedi, invece di aiutare Brut Bir Bon, si nascose dietro a Cion Cion Blu tremando di paura.

– Cion Cion Blu, – supplicava – salvami, per

favore, salvami! Anch'io prima facevo il brigante. Ma adesso non voglio più farlo. Te lo giuro!

Subito Blu e A Ran Cion, furiosi, balzarono addosso al capo-brigante. Ma il cane non poté addentarlo perché Brut Bir Bon aveva un'armatura tutta di ferro e il gatto fece appena in tempo a dargli un'unghiata in faccia perché subito l'omaccione, grande come un gorilla e grosso come un bue, l'aveva afferrato con una manaccia e l'aveva scaraventato lontano.

Intanto, però, Uei Ming era riuscito a fuggire e a nascondersi anche lui dietro a Cion Cion Blu che, svelto svelto ma per benino, aveva posato vicino alla riva la vaschetta di Bluino e aveva fatto guizzare il pesciolino nel lago. Quindi aveva rovesciato sul prato, in un grosso mucchio, tutte le arance che aveva nel sacco, dicendo a Uei Ming:

– Sono bombe.

Poi gridò:

– Lasciatelo stare, Blu e A Ran Cion. Ci penso io.

E impugnò la sua lunga canna di bambù robusta come l'acciaio. Brut Bir Bon, intanto, aveva sguainato il suo spadone e urlava, con voce rimbombante:

– Ti faccio a pezzettini, contadino dei miei stivali! Aaaah!!

Ma già Cion Cion Blu, da lontano, aveva

cominciato a dargli delle terribili bastonate sulla testa.

– Maledizione!! – ruggì il capo-brigante agitando la testa sotto i colpi della canna di bambù. – Vuoi la battaglia a distanza? Te ne pentirai!

Ringuainò lo spadone, sfilò una freccia avvelenata dal suo turcasso e l'incoccò sull'arco. *Zing!* una freccia sibilò, e poi un'altra, e un'altra ancora. Ma Cion Cion Blu era bravo a lanciare le arance come Brut Bir Bon era bravo a lanciare le frecce. E mentre l'omaccione incoccava la prima freccia, Cion aveva raccolto una bracciata d'arance; e così le aveva lanciate una dopo l'altra contro le frecce, che s'infilzavano e cadevano in terra. E avvelenavano le arance invece di Cion Cion Blu.

Brut Bir Bon sputava rabbia, mentre i suoi lunghi baffoni neri si attorcigliavano come dei serpenti. E continuava a tirare frecce. Ma dopo un po' non ne aveva più neanche una, mentre Cion Cion Blu aveva ancora molte arance. Allora Cion gli lanciò una gragnuola di arance sulla faccia che si spiaccicarono tutte sul nasone rosso del capo-brigante.

– Dannazione! asc, asc, asc! – urlò Brut Bir Bon facendo tremare gli alberi della foresta. – Brutto contadinaccio insolente! Adesso ti riduco in poltigliaaaa!

E, sguainato di nuovo il suo enorme spadone, si lanciò con furia contro Cion Cion Blu. Il bravo Cion lo lasciò venire vicino, poi puntò in terra la sua lunga canna di bambù e lo saltò via volando.

– Dove sei andato? Dove sei? – urlava l'omaccione girandosi da tutte le parti. – Ah! Sei lì? Adesso vedrai!!

E fece un salto altissimo balzando come una valanga su Cion. Ma Cion Cion Blu gl'infilò svelto la sua canna di bambù tra le gambe e diede uno strattone. Brut Bir Bon incespicò, perse l'equilibrio e rotolò come una frana nel lago. Ma, un momento prima che cadesse nell'acqua, Cion Cion Blu gli diede una tremenda bastonata in testa.

Il capobrigante era quasi tramortito, ma riuscì ancora a risalire alla superficie dell'acqua, che in quel punto gli arrivava fino al petto. Subito, però, cominciò a sentire un solletico insopportabile sulle braccia e sotto i vestiti. Erano Bluino e i suoi amici pesciolini, che erano dei pesci tigre, che gli facevano il solletico con le pinne e con la bocca e, *frin frin frin*, Brut Bir Bon cominciò a ridere, con un riso matto, proprio da matti, da non stare più in piedi. E giù, *sciaff*, cadde di nuovo nell'acqua sempre ridendo a crepapelle, e finì sott'acqua e i pesciolini gli entravano e gli uscivano dalla boccaccia che continuava a ridere facendo *glu glu glu* e

*Cion lo lasciò venire vicino, poi puntò in terra
la sua lunga canna di bambù e lo saltò via volando.*

intanto gli andavano, *frin frin frin*, a fare il solletico sulla gola e sulle orecchie.

Nel frattempo, Cion Cion Blu aveva strappato il sacco vuoto delle arance in tante lunghe strisce che poi aveva arrotolate e legate l'una all'altra facendo una corda robustissima. Quindi andò a sollevare Brut Bir Bon, che ormai era completamente tramortito dalle botte e dal ridere, lo imbavagliò col suo fazzoletto arancione e lo legò stretto stretto, con molti giri di corda, al tronco d'albero con cui era arrivato Man Gion.

– E adesso – disse al povero Man Gion che tremava ancora come una foglia – sali a cavalcioni del tronco d'albero e, seguendo il fiume, porta questo birbante fino in città.

– E lo consegni alle mie guardie, – disse Uei Ming – che lo rinchiudano in una prigione vigilata da dieci armati. Di' alle guardie che l'ho ordinato io.

– Sì, signor imperatore – si affrettò a dire Man Gion. – Però, non potreste darmi qualcosa da mangiare lungo la strada?

– Non c'è niente, – rispose Cion – quelle arance sono tutte avvelenate e quelle altre sono tutte spiaccicate.

– Però, – disse Uei Ming – quando ritornerò al mio palazzo ti farò dare delle salsicce coi fagioli stufati.

– Sal... salsicce!

– E poi una frittata col formaggio.

– Frittaaa... ta!

– E poi delle bistecche ai ferri.

– Bibi... bi... stecche!!! Vado subitoooo...

E spinse il tronco nel lago verso il fiume.

– Ma – gridò tutto spaventato – come faccio a remare?

– Bravo barcaiolo! – esclamò Cion Cion Blu. – Rema con lo spadone di quel brigante.

E gli porse lo spadone che era caduto sulla riva. Subito Man Gion cominciò a remare e scomparve lontano sulle acque del lago, col tronco galleggiante e con Brut Bir Bon.

Era già notte e era sorta la luna. Il lago ora sembrava tutto d'argento.

Nella casina i lumini verdi si muovevano sempre più rapidi a due a due. E l'imperatore cominciò a piangere, dicendo:

– Sono stanco! Ho fame! Ho sonno! Come faremo adesso!

– Adesso facciamo venire la barca – disse Cion Cion Blu.

E cominciò a chiamare:

– Bluino! Bluino!

Ma Bluino non veniva, perché era andato a divertirsi chissà dove nel lago. Però intanto le lacrime di Uei Ming avevano cominciato a gocciolare nell'acqua e, nel chiarore della luna, scintillavano come tante lucciole.

Allora dalla foresta si levò la grande nube luccicante di migliaia e migliaia di lucciole che volarono fino alla barchetta bianca dell'isola, gonfiarono la vela bianca e la spinsero fino a loro.

– Ma tu, – disse Uei Ming stupito, asciugandosi le lacrime e salendo sulla barchetta assieme a Cion Cion Blu, al cane e al gatto – tu comandi anche alle lucciole?

– Io – rispose Cion – non comando a nessuno, anche se gli animali miei amici mi danno retta. Non so perché siano venute tutte queste lucciole! Sarà una magia.

Mentre approdavano sull'isola delle magnolie, videro lontano nella prateria due ombre nere che correvano. Quella davanti era Ron Fon, che non aveva nemmeno più voce per chiamare aiuto. Quella dietro era il lupo nero, che invece continuava a ringhiare furiosamente.

– Anche fantasmi neri, ci sono! – disse Cion Cion Blu. – Che mondo fatato!

Un momento dopo scendeva sull'isola con Uei Ming, col cane e col gatto. Chiamò ancora Bluino e questa volta il pesciolino saltò subito nella sua vaschetta. Naturalmente Cion Cion Blu non lo sgridò.

# 24

# Nella casina bianca

Erano ormai due giorni che Gelsomina era diventata una cicciona e in quei due giorni aveva aspettato invano che arrivasse qualche viandante affamato. Ma intanto girovagava nell'isola delle magnolie insieme ai gatti bianchi, raccoglieva sassolini, fiori e erbe aromatiche.

Aveva bevuto molto tè coi fiorellini di gelsomino, pensando sconsolata al suo bel fidanzato. Ma non aveva mai voluto mangiare. I gatti sì, poverini. Solo che la ragazza non aveva osato toccare la minestra di pollo con le arance, perché aveva paura di non averne più quando i viandanti fossero arrivati. E ai gatti aveva dato tutto il latte della pentola. Sicché anche i gatti, pur rimanendo gatti, avevano una fame da lupi.

Quella sera Gelsomina se ne stava seduta sulla sedia, vicino al focolare, rincantucciata dietro al paravento bianco, quando la gatta Biancolina, che dormiva raggomitolata sulle sue ginocchia, cominciò a miagolare e saltò via nella stanza.

In quel momento sentì bussare alla porticina della veranda. Un po' spaventata la povera ragazza rispose:

– Avanti! – e rimase dietro al paravento, talmente aveva vergogna di farsi vedere così grassa.

– Buonasera, signorina – disse entrando Cion Cion Blu, che era tutto contento di incontrare di nuovo quella simpatica grassona.

– Buonasera, signorina. Che buon profumo di lavanda! – disse Uei Ming entrando; naturalmente non s'immaginava che nella casina ci fosse Gelsomina, e grassa in quel modo, anche.

Ma Gelsomina riconobbe subito la voce del suo fidanzato e, col cuore che le batteva come un matto, senza più ricordarsi che era una cicciona, si alzò dalla sedia e corse fuori dal paravento, gridando:

– Uei Ming!

L'imperatore, vedendo apparire quella ragazza grassissima, stralunò gli occhi e scoppiò in una risata fragorosa, strillando:

– Ma che panciona che è! Ma come si fa a essere così grassa?! Ma è impossibile! È impossibile! È un'elefantessa! È una balena! Hahaha! Hahahaha!

La povera Gelsomina, che in quelle due lunghe giornate si era tutta consumata di dolore, ma aveva sempre avuto un filo di speranza, udendo le risate del suo fidanzato si sentì quasi svenire, mentre gli occhi le si riempivano di lacrime. E intanto pensava:

«È un incantesimo terribile! Non potrò tornare mai più com'ero prima. E Uei Ming si dimenticherà di me!».

Cion Cion Blu, lanciando un'occhiataccia all'imperatore, si era subito rivolto a Gelsomina, domandando incuriosito:

– Ma come fai a sapere il nome del mio amico?

– Me l'ha detto... – balbettò la povera ragazza imbarazzata – me l'ha detto... un uccellino.

– Un picchio rosso? – chiese Cion soddisfatto.

– Sì... sì, credo che fosse un picchio rosso – rispose Gelsomina con un sospiro di sollievo.

– Ma anche se non veniva il picchio rosso a annunciare che arrivavo, – esclamò vanitoso l'imperatore – mi avrebbe riconosciuto lo stesso. Sono l'imperatore o no? Mi conoscono tutti, persino le grassone!

E scoppiò in un'altra risata sconveniente. Ma Cion Cion Blu gli disse seccato:

– Non essere scortese con questa mia amica! E poi, non è mica grassa come dici tu!

Naturalmente Cion diceva queste cose perché la povera ragazza non rimanesse troppo male. Ma subito Uei Ming indispettito strillò:

– Ma davvero? Ma non ce n'è un'altra al mondo di ragazza così cicciona! Ha tanta di quella ciccia che sembra un... un budino tremolante!

Gelsomina si sentì di nuovo svenire e dovette appoggiarsi al tavolo. Perché oltretutto Uei Ming era un vero villano.

– Imperatore! – disse Cion Cion Blu con voce severa. – Se non diventi gentile con la mia amica ti carico subito sulla barchetta bianca e ti spedisco dall'altra parte del lago. Hai capito?

Uei Ming diventò tutto rosso dalla vergogna e per la prima volta capì quanto era stato maleducato.

– Scusami, Cion Cion Blu! E scusami tanto anche tu, cara signorina – disse contrito. – Forse ho detto delle cose sgarbate, ma non le ho dette con cattiveria... e poi sono stanco e ho fame, e non capisco molto bene quello che dico... e poi mi sembravi un po' grassottella, ma... non moltissimo.

Mentre loro parlavano, Blu, A Ran Cion e i dieci

gatti bianchi avevano cominciato a fare i matti per tutta la stanza dalla contentezza di trovarsi di nuovo insieme.

– Ho una fame spaventosa, cara signorina – disse l'imperatore sempre più gentile. – Sono due giorni che non mangio niente e non so che cosa non mangerei. Non avresti per caso della minestra? Naturalmente non pretendiamo niente di speciale. Quello che c'è, c'è.

Gelsomina, già un po' riconfortata, rispose:

– Ma certo, caro imperatore! Ho una buonissima minestra di pollo con le arance. Te ne do volentieri una bella tazza.

– Una minestra di pollo con le arance? Caspita! – esclamò Uei Ming stupito. – Ma sai che è proprio la mia minestra preferita? Benché, devo dirti, nessuno dei cento cuochi del mio palazzo la sappia fare.

E mentre Gelsomina andava a prendere il pentolone, Uei Ming mormorò a Cion Cion Blu:

– Però, la tua amica è proprio simpatica!

In ciascuna delle quindici tazze di porcellana bianca, Gelsomina versò una grossa mestolata di minestra, stando ben attenta, come le aveva detto Cion Cion Blu, di mettere in ogni tazza una delle arance intere. Quando ebbe riempito tutte le tazze, il pentolone era vuoto. Su ogni arancia, infine, posò una fogliolina di tè e un fiorellino di gelsomino.

Intanto Blu aveva cominciato a guaire e i gatti si erano messi a miagolare per far capire che anche loro avevano fame.

– Che buona! – esclamò l'imperatore divorando la sua minestra. – È la più buona minestra che abbia mai mangiato. Dammene un'altra tazza.

Gelsomina diventò pallida come un fazzoletto di bucato. Sapeva benissimo che, se Uei Ming avesse mangiato una seconda tazza di minestra senza badare se ce n'era anche per gli altri, la fata Biancaciccia l'avrebbe trasformato in un gatto bianco. Ma non disse niente, perché la fata gliel'aveva proibito.

– Ce n'è ancora di minestra? – chiese allora Cion Cion Blu.

– Nella... nella pentola non ce n'è più – balbettò Gelsomina.

– Ma ci sono tutte queste tazze! – esclamò l'imperatore. – Ce n'è fin che se ne vuole.

E fece per prendere un'altra tazza piena. Ma Cion Cion Blu lo fermò.

– Un momento, – disse – prima vediamo se ce n'è per tutti.

E cominciò a contare i gatti, e anche Blu naturalmente.

– Mi dispiace, caro Uei Ming, – disse allora – ma le tazze sono proprio giuste, una per ciascuno.

Le guance di Gelsomina ripresero colore.

– Ma uno di questi gatti – insistette Uei Ming – può anche stare senza! Io sono l'imperatore, no?

Gelsomina impallidì di nuovo.

– Sei matto! – disse Cion. – Ma se tu sei l'imperatore deve restare a digiuno un gatto? Per caso il mestiere dell'imperatore è quello di mangiare la minestra degli altri?

– No, no, hai ragione, – rispose un po' a disagio Uei Ming – era solo perché la minestra mi piaceva molto. Scusami, caro amico.

E gli sorrise, mentre Gelsomina ricominciava a prendere colore. Allora Cion Cion Blu diede prima una tazza a Gelsomina, poi posò in terra le tazze per i gatti e per il cane, fece cadere tanti semi di arancia nella vaschetta di Bluino e infine mangiò la sua minestra tutto contento.

– Però, – disse Gelsomina vedendo che Uei Ming, mogio mogio, deglutiva la saliva dalla voglia di un'altra minestra – potrei preparare una nuova minestra di pollo con le arance, se volete!

Uei Ming la guardò pieno di speranza e certo in quel momento gli sembrò meno grassa. Tanto che disse:

– Ma grazie, cara signorina. Saremo felicissimi

di mangiare un'altra minestra. Però, – aggiunse – sai che hai davvero dei begli occhi! Così verdi che mi ricordano...

E subito divenne triste. Uei Ming naturalmente non sapeva che quei begli occhi erano gli occhi veri della sua Gelsomina. E Gelsomina si era sentita talmente felice a quelle parole che, mentre correva fino al lago per riempire di nuovo il pentolone d'acqua, si sentì molto più leggera. E forse lo era. Chi sa?

# 25

# La minestra di Gelsomina

Era notte inoltrata quando Gelsomina cominciò a preparare la nuova minestra di pollo con le arance. Non aveva paura di sbagliare perché in quei due giorni aveva continuato a pensare a tutto quello che le aveva insegnato Cion Cion Blu. E era piena di speranza come non era mai stata da quando la fata Biancaciccia aveva fatto l'incantesimo.

– Però – disse, mentre spremeva quattro arance nell'acqua del pentolone – per non annoiarvi mentre preparo la minestra, vi racconterò delle storie. Che cosa preferite? La storia dell'omettino piccolino che ballava su un soldino? Oppure quella della maga senza magia che sbatteva le uova con la bacchetta magica? Oppure la storia del gatto matto che tutte le notti di soppiatto si ubriacava di latte? Oppure la storia del cadì del Gran Muftì che un lunedì ammatì lì per lì?

– Questa, questa! – disse Cion Cion Blu accendendo la sua pipa blu. – Deve essere proprio divertente.

Gelsomina parlava così bene e così allegramente che Uei Ming non disse niente, talmente era intento a sentirla.

– Ma no, – disse Gelsomina, cominciando a tagliare i due polli rimasti a pezzettini piccoli – vi racconterò invece una storia triste, proprio triste. Quella di una mamma che aveva il figlio in guerra, e aspettava, aspettava, aspettava che tor-nasse, sempre tremando al pensiero che un giorno una vicina, magari, venisse a dirle: «Tuo figlio è stato ucciso dai nemici!». E un giorno ecco che la vicina, con voce tutta sconvolta, venne proprio a dirle: «Tuo figlio è stato ucciso dai nemici!».

– Oh! Che povera mamma! – disse triste Cion Cion Blu soffiando una grossa nube di fumo, mentre Uei Ming rimaneva sempre muto a ascoltare.

– Per niente! – rispose Gelsomina gettando tutte le ossa dei polli ai gatti e al cane. – Perché subito udì una voce che diceva: «Ma cosa stai dicendo, vicina! Io sono più vivo che mai!». Era il figlio, che proprio in quel momento tornava sano e salvo dalla guerra. E anzi si era anche sposato e aveva già avuto un figlio.

Così quella mamma, che credeva di non avere più nessuno, si trovò a un tratto mamma e nonna... Però, – si interruppe la brava ragazza – un attimo, per favore, che devo stare attenta. Ora ci sono da preparare le erbe aromatiche. Prima un rametto di rosmarino infilato nel brodo, poi dei semi d'arancia avvolti nelle foglioline di salvia, poi la limoncina, la menta... bene...

E, tutta compresa, preparava le erbe nel modo giusto. Ma subito ricominciò a parlare:

– Scusatemi se vi ho annoiati un momento con la minestra. Dunque, potrei raccontarvi la

storia della fidanzata che attendeva, anche lei, il fidanzato, che era marinaio e navigava in mari lontanissimi. E intanto lei si preparava il corredo. E si preparò le tovaglie, i tovaglioli, le lenzuola, gli asciugamani e poi si preparò anche il vestito da sposa. Ma un giorno vennero a dirle che la nave del suo fidanzato era affondata e tutti erano annegati. Allora si mise il vestito da sposa e, piangendo dalla disperazione, andò sul molo del porto per affogarsi. Quando fu in riva al mare vide nell'acqua un pescecane: «Meglio,» pensò «così mi mangerà e morirò prima!». E si gettò nel mare.

– Ma che storia terribile! – esclamò Cion Cion Blu, mentre Uei Ming guardava stupito quella brava massaia che gli sembrava sempre meno grassa.

– Nemmeno per sogno! – rispose Gelsomina mettendo le ultime erbe nel pentolone. – Perché quel pesce che quella ragazza aveva scambiato per un pescecane non era altro che il suo fidanzato che era riuscito a arrivare fin lì a nuoto. Vi immaginate come furono felici? Però la ragazza si dovette fare un nuovo vestito da sposa.

– Perché? – chiese Cion Cion Blu che non se lo spiegava.

– Perché bagnandosi si era ritirato – rispose Gelsomina.

– Allora non era di stoffa molto buona – obiettò Cion Cion Blu.

– No, non era molto buona. Ma la ragazza era povera, sapete – rispose Gelsomina spargendo la lavanda in tutta la casina. – C'è poi la storia di quel padre che aveva dieci figli e spesso li faceva mettere a quattro gambe e poi li bastonava con un grosso randello lungo un metro, gridando: «Avanti, bestie! Avanti, bestie!».

– Ma un padre come quello bisognerebbe metterlo in prigione. Non si può bastonare così i propri figli! – disse sdegnato Cion Cion Blu togliendosi la pipa di bocca, mentre Uei Ming, in silenzio, ascoltava ammirato.

– Anzi, – rispose Gelsomina cominciando a mescolare la minestra – era un padre buonissimo, perché quel randello era un randello finto di carta e lui giocava sempre coi suoi figli a fare il pecoraio. Delle volte erano persino i suoi figli che lo bastonavano con quel randello. E ridevano, ridevano.

E senza mai smettere di parlare, Gelsomina continuava a mescolare la minestra.

– E la storia che raccontava un vecchio marinaio, quella dell'isola delle sirene? È una storia veramente triste perché, quando era giovane, il marinaio aveva navigato e era arrivato in un'isola piena di sirene. E subito si era innamorato di una

di quelle strane donne, che sono anche un po' pesci. E allora portò la sirena sulla nave e veleggiò di
nuovo verso il suo paese. Ma una notte la sirena
cominciò a cantare con una voce meravigliosa e
subito si levò un terribile uragano che fece ina-
bissare la nave. Il marinaio annegò... ah no, non
è possibile, dato che era lui a raccontare la storia.
Allora, il marinaio si salvò a nuoto, un po' come
quel fidanzato di cui vi raccontavo prima. Però non
riuscì mai più a ritrovare né l'isola né la sirena.
Ma adesso la minestra è cotta.

Subito Gelsomina contò quindici arance e le
immerse nella pentola fumante. Poi, staccandola
dal gancio del camino, la portò sul tavolo e riempì tutte le tazze, quindi mise su ogni arancia
una fogliolina di tè e un fiorellino di gelsomino e
infine, senza che Cion Cion Blu glielo chiedesse,
andò a gettare un bel po' di semi d'arancia nella
vaschetta di Bluino.

– Sei proprio una cara ragazza! – esclamò Cion,
mentre distribuiva come prima tutte le tazze piene
di minestra.

Uei Ming, davanti alla sua tazza, non mangiava
neanche, talmente era meravigliato dal garbo,
dalla gentilezza, dallo spirito di quella grassona.

– Ma che cos'hai, che non mangi, caro imperatore? – disse Gelsomina con un sorriso affettuoso.

– Sei rimasto impressionato dalla storia del vecchio marinaio? Ma non ci badare, sai? È tutta una frottola, una di quelle storie che i marinai inventano tanto per darsi delle arie. Quel marinaio, se vuoi sapere, con la sua nave era andato in un'isola vera, aveva trovato una ragazza vera e l'aveva sposata, e aveva anche avuto cinque figli veri.

Uei Ming era completamente incantato.

– Ma mangia! – lo incitò Gelsomina. – Che dopo c'è una cosa speciale!

L'imperatore cominciò a mangiare sempre guardando Gelsomina, che stava preparando ancora qualcosa.

Perché la ragazza ormai aveva adempiuto a quasi tutti gli ordini dell'incantesimo della fata Biancaciccia: aveva riempito di lacrime tutte le tazze, che si erano asciugate, aveva preparato una buonissima minestra di pollo con le arance, aveva dato la minestra a due viandanti affamati senza avvertirli che dovevano lasciarne anche per i gatti. E ora doveva offrire ai due viandanti le cose che preferivano fra tutte le cose buone del mondo. Ma quei viandanti erano Uei Ming e Cion Cion Blu, e Gelsomina sapeva benissimo cos'erano le cose buone che preferivano. E poi dopo...

– Allora, – continuò Gelsomina – per aiutarti a mangiare ti racconterò ancora una storia. Quella

di due fidanzati. Erano tutti e due belli e tutti e
due giovani e presto si dovevano sposare. Ma un
giorno la fidanzata, che era un po' una mangiona,
cominciò a diventare grassa, sempre più grassa,
grassa come una balena. E tutti gli amici del fidanzato gli dicevano: «Ma cosa la sposi a fare
quella grassona! Tu sei un bel giovane magro, vuoi
rovinarti la vita con una ragazza che ha tanta ciccia!». Però, un momento, adesso... – si interruppe
Gelsomina – devo darvi una cosa.

– Ma come andò a finire? – chiese Uei Ming
impaziente.

– Prima finisci di mangiare! – disse Gelsomina.

L'imperatore si mise a divorare la sua minestra
e in quattro e quattr'otto vuotò la tazza.

– E adesso, – disse tutta ridente la brava ragazza portando due tazze – ecco per te Cion
Cion Blu un'aranciata e per te Uei Ming un tè
di gelsomino.

– Un tè di gelsomino! – gridò Uei Ming. – Ma
sai che è la cosa che preferisco fra tutte le cose
buone del mondo?

– E anch'io l'aranciata! – disse Cion Cion Blu.

– Sono contenta – rispose Gelsomina con un
sorriso gentile.

– Però – insistette Uei Ming mentre beveva il
suo tè – dimmi come andò a finire quella storia.

– La storia della fidanzata che ingrassava e degli amici che dicevano al fidanzato di non sposarla più perché era troppo grassa?

– Ma sì, proprio quella.

– Andò a finire – continuò Gelsomina con voce appena mormorante – che il fidanzato disse: «È così buona, è così brava, e fa delle minestre così squisite che la sposerò lo stesso. Anzi, ingrasserò anch'io, così insieme staremo benissimo».

– Bravo! – gridò Uei Ming. – Ha fatto proprio bene! Anch'io voglio ingrassare. Non me ne importa più niente di Gelsomina, che è cattiva come una peste. Ormai ho deciso. Prepara un'altra minestra e la mangerò tutta io.

– Ma perché vuoi ingrassare? – chiese Gelsomina col cuore che le scoppiava di gioia perché capiva che finalmente aveva vinto.

– Perché... – balbettò Uei Ming – perché voglio sposarti!

Un bagliore accecante illuminò la casina. Uei Ming chiuse gli occhi, ma li riaprì subito. E davanti vide Gelsomina, la Gelsomina bella, minuta, dolce di una volta che sorrideva coi suoi bellissimi occhi verdi.

– Che... che cos'è stato! Co... come mai! – gridò l'imperatore pieno di felicità.

E subito Gelsomina si gettò tra le sue braccia e

tutti e due piangevano e piangevano mentre Cion Cion Blu gridava:

– L'avevo capito io che quella era una ragazza speciale!

E cominciò a ballare tutto allegro e anche Blu, Biancolina, A Ran Cion e tutti gli altri gatti saltavano di gioia mentre Bluino guizzava a più non posso nella sua aranciata.

Stavano tutti saltando ancora, mentre Uei Ming e Gelsomina si tenevano ancora abbracciati, quando si udì un fracasso spaventoso. Le finestre si spalancarono e nel cielo buio si vide scendere volando rapidissima, coi lunghi strascichi al vento, grassa come prima, la fata Biancaciccia. E con una grande risata calò nella stanza a cavalcioni delle sue due scope.

# 26

# I segreti della fata Biancaciccia

All'apparire della fata Biancaciccia, Gelsomina, spaventatissima, si rannicchiò dietro all'imperatore gridando con voce rotta dal pianto:

– Lasciami stare, questa volta. Non farmi più incantesimi, non ho fatto niente!

Intanto era arrivato nella stanza, girando il suo mestolo, anche il cuoco paffuto, che però questa volta cavalcava una capretta. Il maialino, trasformato in lupo nero, stava ancora rincorrendo quel birbante di Ron Fon.

– Ma no, mia povera ragazza – disse la fata Biancaciccia con una risata squillante – non ti farò più incantesimi, non aver paura. Non sono mica una strega, sai?

– Però – strillò Gelsomina sempre spaventata
– voli con le scope!

La fata scoppiò in un'altra clamorosa risata
dicendo:

– Ma io le scope non le adopero mica per volare.
Non ho mica bisogno delle scope per volare, sai?
Le adopero per sedermi mentre volo.

– Sì, sì, sarà così, ma l'incantesimo me l'hai
fatto, no? – gridò Gelsomina, – e un brutto incantesimo, anche!

– Non era un brutto incantesimo, – protestò la fata – anzi! Così hai imparato a preparare una minestra buonissima e in più ti sei conquistata il tuo fidanzato non con la bellezza, ma con le tue qualità. E poi volevo darti una lezione per la tua ingordigia, e anche al tuo bell'imperatore volevo dare una lezione, scriteriato com'è. Tutti questi malanni, per esempio, gli hanno insegnato a essere un po' più paziente e gentile, spero! E ha anche provato che cosa vuol dire aver fame. E ha anche trovato un amico in gambissima, vero Uei Ming? Io sono una fata buona, sapete?

L'imperatore era molto vergognoso e fu ben contento di cambiare discorso.

– Ma certo, certo. Cion Cion Blu è l'unico vero amico che ho! – disse.

– Ma l'incantesimo dei gatti, allora? – protestò Gelsomina.

– Ma è stato uno scherzo! – rispose la fata Biancaciccia.

– Ti pare uno scherzo? – replicò Gelsomina. – Trasformare dei poveri viandanti in gatti bianchi!

– Ma no, ma no! È stato uno scherzo dirti che quei bravi gattoni erano dei viandanti trasformati in gatti. L'ho tutta inventata lì per lì quella storia. Quei dieci gatti bianchi sono i miei gatti. Io adoro i gatti.

– E Biancolina, – balbettò la ragazza – perché ha un nastro di seta bianca?

– Ma guarda un po'! – protestò la fata Biancaciccia. – Non posso mettere un nastro bianco alla mia gatta preferita, se lo desidero? Vuoi sapere una cosa? La minestra che ti sei pappata ieri mattina, era la *mia* minestra, mia e dei miei gatti, perché questa è la *mia* casa. A Valentina Pomodora, la mia avversaria, piace stare tra tante magie dentro una montagna e a me piace invece semplicemente una casina su un'isoletta in mezzo al lago.

– Ma allora, – continuò Gelsomina – a che cosa serve lo sciame delle lucciole che spinge la vela della barca?

– Quante cose vuoi sapere! Le lucciole spingono la barca quando un viandante affamato piange in riva al lago. Così lo portano qui e può mangiarsi una minestra. E sto senza io, se occorre. Tanto sono grassa. Ma non lo trasformo mica in gatto bianco se mangia più di una minestra! Però – continuò la fata scuotendo la testa severamente – un viandante che mangiasse undici minestre non mi era mai capitato, sai?

Gelsomina era diventata rossa come un papavero. Ma subito disse:

– Però se non veniva Cion Cion Blu a insegnarmi

240

come si prepara la minestra di pollo con le arance, sarei rimasta per sempre una grassona, no?

La fata Biancaciccia scoppiò nella più lunga risata che avesse fatto fino a quel momento. Poi, appena si fu calmata, esclamò:

– Ma non ti ricordi, hahaha!, bambina bella, hahaha!, che sono stata io a suggerirti la minestra di pollo con le arance? hahaha!

– Sì... quasi... – sussurrò Gelsomina con un filo di voce.

– Ricordati, allora, – continuò la fata – che Cion Cion Blu è da un mucchio di tempo un mio caro amico. Anche se lui non lo sa, hahaha!

– Signora fata, – disse Cion Cion Blu stupito – ma io è la prima volta che ti vedo!

– Ma certo, caro Cion Cion Blu, – disse la fata Biancaciccia guardando il contadino con un sorriso beato – però passo tante di quelle volte sopra al tuo ombrello tra i campi di aranci a guardarti lavorare! Perché mi sei talmente simpatico!

– Non me ne ero proprio mai accorto – rispose Cion Cion Blu sempre più stupito.

– Insomma, Gelsomina mia, – continuò la fata – devi sapere che io so tutto quello che succede. E naturalmente sapevo anche che il mio cuoco ti avrebbe portato Cion Cion Blu perché ti insegnasse a preparare quella minestra. E sapevo anche

che i primi viandanti che sarebbero arrivati qui sarebbero stati Cion Cion Blu e Uei Ming, col cane Blu e col gatto A Ran Cion. Tant'è vero che ti ho fatto mettere sul tavolo altre quattro tazze. Sono brava o no?

– Oh sì, signora fata – rispose Gelsomina contrita.

– Ma poi, caro Cion Cion Blu, vuoi sapere una cosa? – continuò la fata Biancaciccia, sorridendo al bravo contadino.

– Ma certo, signora fata! – rispose garbatamente Cion.

– Pensa che sono stata io, – continuò la fata – a mandare sul tuo campo di aranci la nuvoletta bianca che li ha coperti di neve; così tu hai potuto preparare tutti quei buonissimi gelati di aranciata.

– Davvero? – esclamò Cion Cion Blu meravigliato. – Ma allora sei proprio una fata molto, molto brava... bravissima!

– Certo, caro il mio bel contadino – disse la fata. – E sai anche che sono stata io a far venire il mal di pancia a Man Gion? Così tu avresti chiesto all'imperatore se era un dottore e avreste fatto amicizia. Ho proprio combinato una quantità di belle magie, sai, perché tutto andasse per il meglio. Qualcuna, devo dire, l'ha inventata anche

Valentina Pomodora. E mi ha anche fatto perdere la pazienza. Ma ora tutto è a posto.

A queste parole, Uei Ming pensò subito una cosa bellissima.

– Allora, – esclamò – se tutto è a posto, hai rotto finalmente anche l'incantesimo della mamma di Gelsomina!

– La mia mamma? – balbettò la ragazza diventando pallida come un fantasma. – Ma la mia mamma è morta quando ero piccola.

– No, che non è morta! – gridò felice Uei Ming. – L'abbiamo vista ieri, io e Cion Cion Blu, dalla fata Valentina Pomodora, e ci ha detto che quando eri piccola sei stata rapita con un incantesimo che aveva fatto proprio la nemica acerrima della fata Valentina Pomodora.

– La mia mamma è viva! – cominciò a ridere e a piangere Gelsomina. – Allora potrò rivederla! Perché, se la fata Biancaciccia ha tolto tutti gli incantesimi...

Ma la fata scosse la testa, mentre grosse lacrime le colavano dagli occhi.

– No, non sarà possibile, purtroppo – disse con voce tristissima.

– Ma se sei tu la nemica della fata Valentina Pomodora, allora... – disse Gelsomina con la gola stretta dal pianto.

– No, ragazza mia. Togliti dalla testa che io
sia la nemica di Valentina Pomodora – esclamò
la fata Biancaciccia piangendo, ma anche con
aria seccata. – Litighiamo sempre, ma siamo
amiche, vecchie amiche. Sì, sì, avevo detto che
era la mia avversaria; ma perché tutt'e due ci
preoccupiamo della stessa cosa; tutt'e due, se
vuoi saperlo, facciamo a gara per aiutare i bambini dei cinesi poveri, dato che l'imperatore non
fa mai niente. Pensa ai palazzi, alle cerimonie,
alle guerre...

– Io non penso alle guerre! – protestò Uei Ming.
– Anzi ho appena fatto mettere in prigione i generali che volevano farle!

– Come mi sono divertita quando l'hai fatto! – esclamò la fata asciugandosi gli occhi e
scoppiando a ridere. – Però i poveri, tu non sai
neanche che esistono. Ci sono soltanto le fate
che pensano ai poveri. Guarda un po'! E allora
Valentina Pomodora prepara i vestiti e io preparo
da mangiare. Lei, tutta poetica, si è fatta delle
belle cavernine a cieli e fiori. Mentre io mi sono
fatta un sotterraneo, là sotto alla prateria, senza
neanche una magia. E ci ho messo soltanto for-
nelli, casseruole, padelle, colapasta, mattarelli,
e ci sono soltanto cuochi e cuoche. Poi, caro
imperatore, ogni notte le lunghe file dei miei

aiutanti portano una quantità di pentole piene di buone minestre ai bambini che non hanno proprio niente da mangiare. Ma ci vuol altro! Tu le hai viste passare, vero Gelsomina?

– O sì che le ho viste – rispose Gelsomina sempre triste.

– Ma *né* io *né* Valentina Pomodora avremmo mai fatto un incantesimo tanto tremendo.

– Oh, cara fata! – singhiozzò Gelsomina. – Sei molto severa, però mi sembri proprio buona, e allora devi bene far qualcosa perché la mia mamma possa tornare con me!

– Non solo non posso far niente per la tua mamma, ma non posso far niente nemmeno perché torni il tuo papà, che è un mio carissimo amico – disse la fata.

– Meno male! – esclamò la ragazza. – Allora non rivedrò più il mio papà Ron Fon?

– Ma no, ma no, poverina! – disse la fata. – Mi ero dimenticata che non lo sapevi. Ron Fon non è mica il tuo papà. Ron Fon è un birbante e basta. Gli sei stata affidata quando eri piccola, senza che io e Valentina Pomodora potessimo impedirlo. Il tuo vero papà si chiama Gel So e è il cuoco che dirige tutte le mie grandi cucine. Quello – disse indicando il cuoco che l'accompagnava sempre – è Pan Cin il suo primo aiutante.

– Ma chi ha fatto questo incantesimo? – chiese Cion Cion Blu insistente.

– È stata la terribile strega Dentuta, la più crudele delle streghe della Cina – rispose la fata con uno sguardo di orrore.

– Ma qualcosa bisogna ben fare, cara fata! – protestò Cion Cion Blu. – Non è possibile che un incantesimo così tremendo duri per sempre.

– Ma certo! – gridò Uei Ming. – Manderò tutto il mio esercito contro quella stregaccia!

– No – rispose seccamente la fata. – Il tuo esercito lo trasformerebbe in uno sciame di cavallette. L'ha già fatto altre volte.

– Ma allora, cara fata, chiama anche la fata Valentina Pomodora, e pensate in due a che cosa si può fare, e pensiamoci tutti insieme – disse Cion Cion Blu con decisione.

– Non serve a niente – disse la fata Biancaciccia. – Ma dato che lo volete, la chiamo. Così litigheremo un po'.

Puntò la sua bacchetta magica nel cielo e ne uscì un raggio bianchissimo che si perse nelle prime luci dell'alba. Un attimo dopo apparve un puntino rosso che volava rapidissimo ingrandendo a vista d'occhio. E la fata Valentina Pomodora, avvolta in un ampio mantello rosso e coi lunghi veli bianchi che fluttuavano nell'aria, planò nella stanza. Subito disse:

– Lo so, lo so, ma non c'è niente da fare!

– Pensiamoci su! – disse allora Cion Cion Blu, testardo come un mulo. – E prima di tutto raccontateci come avvenne l'incantesimo della strega Dentuta –. E si accese di nuovo la pipa.

In quel mentre si udirono delle risate allegrissime e da una finestra entrò svolazzando anche il fantasmino buffone col picchio rosso in testa.

# 27

# I lupacchiotti neri

La fata Valentina Pomodora sospirò. Poi disse:

– Era una mattina di maggio...

– Non divagare. Vieni ai fatti! – la interruppe la fata Biancaciccia. – Hai una bella mania di tutte le cose poetiche!

– Ma quali cose poetiche! – rispose risentita la fata Valentina Pomodora.

– L'hai sempre avuta tu, quella mania – proruppe insofferente la fata Biancaciccia, – e i giardini e i cieli azzurri e poi i vestitini celesti e le braghettine gialle e le pantofoline viola. Tu fai tutte le cose belline, con le moine, le carezzine e i sorrisini. Lo vedi che sul tuo vestito bianco hai ricamato fragole, lamponi e ciliegie, invece di metterci tanti bei pomodori?

– Perché? cicciona che non sei altro! – ribatté stizzita la fata Valentina Pomodora. – Tu non hai i gattini e le gattine, e i nastrini di seta bianca e la casetta sull'isoletta in mezzo al laghetto?

– Ma io nelle mie cucine ho i cuochi che tagliano i quarti di bue, spennano i polli e affettano salsicce! E faccio da mangiare! da mangiare!

– Ma signore fate! – intervenne Cion Cion Blu. – Non litigate in questo modo! Raccontateci quella storia, per piacere!

Le fate, un po' confuse, tacquero. Poi la fata Valentina Pomodora riprese il suo racconto.

– Era una mattina di maggio, toh!, – e fece uno sberleffo alla fata Biancaciccia – quando Min A e Gel So si sposarono. Andarono a abitare nella casetta dei gelsomini e misero sulla porta un'insegna che diceva: MIN A, SARTA, E GEL SO, CUOCO. Poi, dopo un anno, in un'altra mattina di maggio, toh!, – e fece un altro sberleffo alla fata Biancaciccia – nacque una bella bambina. E, mettendo insieme i loro nomi, perché erano proprio felici, la chiamarono Gel So Min A. In una mattina di settembre...

– Macché in settembre! – interruppe la fata Biancaciccia. – È stato in ottobre.

– In settembre!

– In ottobre!

– Ma signore fate, – protestò Cion Cion Blu
– smettetela di battibeccarvi, per favore!

– Insomma, – continuò la fata Valentina Pomodora – in una mattina di settembre o d'ottobre, io
e Biancaciccia passammo di lì per caso.

– Macché per caso! – interruppe la fata Biancaciccia. – Ti stavo rincorrendo gridando di rabbia,
perché avevi buttato nel fiume tutti gli scarti delle
tue pantofole e la corrente li aveva sparpagliati
sulla mia isola.

– Almeno c'era un po' di colore su quell'isola
spoglia! – rispose secca la fata Valentina Pomodora.

– È spoglia quest'isola?! – urlò la fata Biancaciccia.

– Ma signore fate, – protestò Cion Cion Blu
– se continuate a litigare non potrete mai mettervi

d'accordo sul modo di vincere l'incantesimo della strega Dentuta!

– Hai ragione, Cion Cion Blu, – disse la fata Biancaciccia. – Sei proprio un uomo in gamba. Vedrai che ti sposerò.

Ma Cion Cion Blu non se la prese per quella uscita della fata, perché aveva troppa fretta di conoscere la storia dell'incantesimo.

– Avanti con la storia – disse impaziente.

– Passando davanti alla casetta dei gelsomini – continuò la fata Valentina Pomodora – io e Biancaciccia facemmo subito la pace perché tutt'e due avevamo pensato la stessa cosa. Min A e Gel So erano proprio le persone che ci volevano per la mia sartoria e per le cucine di Biancaciccia. Perché, benché nessuno lo sapesse, erano nientemeno che la più brava sarta e il più bravo cuoco della Cina. Subito entrammo e proponemmo ai due sposini, carini com'erano, di lavorare per noi. Ne furono ben contenti. Di giorno venivano a lavorare da noi e di sera tornavano nella loro casina. Naturalmente Min A portava sempre con sé la sua bella bambina che diventò la mia pupilla. Erano proprio felici.

– Hai dimenticato i lupi – disse impaziente la fata Biancaciccia.

– Che lupi! Niente lupi. Non ce n'erano – rispose secca la fata Valentina Pomodora.

– Ah! Non erano lupi quelli della strega Dentuta? – esclamò sprezzante la fata Biancaciccia.

– Ma quelli vengono dopo. E poi non erano lupi, erano lupacchiotti di panno – rispose infastidita la fata Valentina Pomodora.

– Perché tu la racconti lunga come la fame: *E erano felici, e furono contenti, e ciccì e cicciò* – la schernì la fata Biancaciccia facendole il verso. – Se avessi raccontato io, sarei già arrivata ai lupi.

– Allora racconta tu! – rispose la fata Valentina Pomodora, punta sul vivo.

– Certo. Racconto io – disse la fata Biancaciccia. – Ecco come andò: la strega Dentuta, che abita lì vicino, chiese a Min A e a Gel So di prepararle il vestito di tela di ragno e il brodo nero dei malefici occulti. Loro rifiutarono inorriditi e lei fece questa minaccia: «Se per domani all'alba il vestito di tela di ragno e il brodo nero non saranno pronti, vi rapirò la bambina e non la vedrete più». E senza farsi accorgere sparse un po' di zucchero sulla bocca di Gelsomina e lasciò nella culla due lupacchiotti di stoffa, tutti neri, con un dente bianco che sporgeva dal muso...

– Brava, lei! – scoppiò a ridere la fata Valentina Pomodora. – Per raccontare la storia alla svelta si dimentica delle cose più importanti.

– Che cosa mi sono dimenticata! – strillò rabbiosa la fata Biancaciccia.

– Ma il dente, no? – rimbeccò la fata Valentina Pomodora. – Se non dici che la strega Dentuta ha un dente solo lungo un metro che adopera per mescolare le sue brodaglie nere...

– Ma lo dicevo dopo, no? – ribatté la fata Biancaciccia.

– Dopo non serve! – esclamò soddisfatta la fata Valentina Pomodora. – Altrimenti chi ci capisce più niente della faccenda dei lupacchiotti con un dente solo?

– Ma signore fate, smettetela di litigare per niente! – interruppe Cion Cion Blu.

– Bravo il mio contadino! – esclamò compiaciuta la fata Biancaciccia. – Insomma, lo zucchero e i due lupacchiotti di stoffa erano stregati. Naturalmente la piccola Gelsomina si leccò tutto quel buono zucchero e giocò tutto il giorno coi due lupacchiotti di stoffa, mentre Min A e Gel So, impauriti, decidevano di scappare durante la notte e di venire da noi. Appena tramontò il sole s'incamminarono lungo la strada dei melograni. Solo che, con la magia nera, la strega Dentuta aveva fatto in modo che, se Gelsomina fosse passata su un fiume dopo aver mangiato lo zucchero stregato, sarebbe scomparsa. Ora, per venire da noi, i suoi genitori dovevano per forza attraversare il fiume.

– Macché scomparsa! – interruppe la fata Valentina Pomodora. – Sarebbe volata di nuovo nella casa dei gelsomini, vuoi dire.

– Ma è la stessa cosa, no! Tanto non l'avrebbero vista volar via. Insomma, quando Min A e Gel So attraversarono il fiume, la bambina sparì. Allora, disperati, corsero da noi a chiedere aiuto. Min A andò da Valentina Pomodora e Gel So venne da me. Però, ciascuno dei due prese per ricordo uno dei lupacchiotti stregati, perché Gelsomina ci aveva giocato tanto. E un attimo prima che entrassero nelle nostre caverne i lupacchiotti cominciarono a bruciare. Allora, spaventati, li gettarono in terra e subito esplosero delle grandi fiammate che bruciarono ogni cosa tutto intorno. L'incantesimo era fatto. Min A e Gel So, se avessero cercato di uscire dalle caverne avrebbero sempre trovato una barriera altissima di fuoco. E anche Gelsomina, se avesse tentato di entrare. Gelsomina, poi, venne affidata dalla strega Dentuta a quel brigante di Ron Fon. Ma noi, per fortuna, riuscimmo a impedirgli che le facesse del male.

– Che brutto mestiere quello della strega! – sospirò Cion Cion Blu.

Ora Gelsomina piangeva disperata e Uei Ming cercava di consolarla dicendole tante frasi gentili.

– Ma non potete mettere insieme le vostre due magie? – disse allora Cion Cion Blu. – Non potete assalire la strega Dentuta nella sua tana?

– No, Cion Cion Blu carissimo, – disse la fata Biancaciccia con un bel sorriso affettuoso – non possiamo perché la nostra è buona magia bianca e la sua è malvagia magia nera. Noi abbiamo bisogno della luce e lei del buio. Non potremmo mai entrare nella sua tana tenebrosa.

– Nessuno può entrare nella sua tana?! – chiese spaventato Cion Cion Blu.

– Nessuna fata, naturalmente – rispose la fata Biancaciccia. – Se una persona senza magia vuole entrare può benissimo. Solo che poi non riuscirebbe più a uscire. Verrebbe incenerita o sarebbe trasformata in qualche insetto disgustoso.

– Ma allora – disse Cion Cion Blu – qualcuno che non sia una fata potrebbe entrare e portare qualcosa, non so, un oggetto magico. Qual è la cosa che quella brutta stregaccia odia di più, quella di cui ha più paura?

– Il sole, naturalmente – rispose la fata Biancaciccia.

– Tutte le luci belle – aggiunse la fata Valentina Pomodora.

– Allora, – disse Cion – qualcuno potrebbe portare da quella strega una luce, una cosa lucente... e...

– Un momento! – lo interruppe la fata Bianca-ciccia. – Si potrebbe trovare una sfera del colore del sole. Che cosa si potrebbe trovare?!

– Un'arancia – disse Cion Cion Blu, e andò a prendere una delle arance che aveva lasciato a Gelsomina per preparare la minestra.

– Bravo! – strillò la fata Biancaciccia. – Ecco, possiamo fare una magia... – e puntò la sua bac-chetta magica sull'arancia, pronunciando delle parole misteriose. – E poi qualcuno porta quest'a-rancia dalla strega e quando chi la porta dice certe parole, per esempio...

– «*Adesso me la mangio!*» – propose Cion Cion Blu.

– Bravissimo! «*Adesso me la mangio!*» va proprio bene! – gridò esultante la fata Biancaciccia. – Così non si capisce che è una magia. E la magia è che a queste parole l'arancia comincia a splendere come un piccolo sole... certo che chi va dalla strega corre un pericolo mortale.

– Qualcuno ci potrà ben andare! – disse Cion Cion Blu.

– Certo, certo – mormorò l'imperatore diventan-do pallido. – Io no, però. Devo stare con Gelsomina. Potrebbe accaderle qualcosa.

– No, non dicevo che ci andassi tu. Stavo solo pen-sando chi potrebbe andarci – disse Cion Cion Blu.

– Tu potresti tentare di andarci – disse la fata Valentina Pomodora a Cion Cion Blu. – Sei abbastanza coraggioso, no?

– Oh! povero il mio contadino! – esclamò la fata Biancaciccia con le lacrime agli occhi.

Cion Cion Blu chinò la testa e dopo un po' mormorò:

– Le streghe però mi fanno un po' paura. Con quel buio e al chiuso, poi! Sapete che io sto all'aria aperta anche di notte. Ma insomma... se qualcuno deve andarci, posso andarci io. Se mi dite dove sta.

Erano tutti un po' felici e un po' spaventati.

– Sta nelle casupole nere vicino alle risaie. Quelle dove si mettono in agguato i briganti – disse la fata Valentina Pomodora. – È la più nera di tutte e la strega sta sotto, sotto, nella cantina della cantina.

Allora Cion Cion Blu si mise in tasca l'arancia incantata, si caricò in spalla la reticella con la vaschetta di Bluino, chiamò il cane Blu e il gatto A Ran Cion, e si avviò fuori dalla casetta. Nessuno aveva più detto niente. Solo quella grassona della fata Biancaciccia, tutta commossa, sgocciolava una quantità di lacrime fatate.

– Però, – disse Cion Cion Blu voltandosi un momento – cara fata Biancaciccia, se tu sai tutto quello che succede potresti dirmi se riuscirò...

– No, caro il mio bel contadino, – esclamò la

fata singhiozzando – non posso prevedere niente quando c'entrano le magie!

E Cion se ne andò in silenzio.

Mentre si avviava verso la barchetta bianca, si sentì chiamare. Era Pan Cin che lo rincorreva con la sua capretta.

– Vieni, che ti porto almeno fino alla casa di Gelsomina.

Cion Cion Blu, che era diventato allegro di nuovo disse:

– Ma grazie, caro signor Pan Cin. Sei proprio gentile.

E salì dietro al cuoco tenendo il cane Blu sotto un braccio e il gatto A Ran Cion acciambellato in testa. Il mestolo di Pan Cin cominciò a girare velocissimo e tutti insieme si alzarono nel cielo. Poco dopo Cion Cion Blu si trovava davanti alla casa coperta di gelsomini. E vide che sulla porta era scomparsa l'insegna di Ron Fon e ce n'era un'altra che diceva: MIN A, SARTA, E GEL SO, CUOCO.

– Queste fate, – esclamò – fanno tutte le cose in fretta.

E s'incamminò attraverso le risaie verso le casupole nere.

Il sole era appena spuntato.

# 28
# L'arancia lucente

Appena Cion Cion Blu arrivò in mezzo alle casupole nere, quattro briganti con dei cappelloni neri e dei grandi mantelli neri sbucarono da una porticina gridando:

– Dacci tutto quello che hai o ti ammazziamo!

E gli puntarono addosso quattro coltellacci luccicanti. Ma Cion Cion Blu, impaziente, continuò per la sua strada dicendo:

– Non fatemi perdere tempo che devo andare dalla strega Dentuta.

I quattro briganti, a quelle parole, diventarono pallidi come delle mozzarelle e, lasciando cadere i loro coltellacci, fuggirono a gambe levate gridando:

– Va dalla strega Dentuta! Chissà che mago tremendo che è!

Perché, naturalmente, pensavano che soltanto un mago molto cattivo avrebbe avuto il coraggio di andare da quella terribile strega.

Così Cion Cion Blu poté cercare tranquillamente la casa nera della strega. E quando la trovò, vide che sulla porta c'era un'insegna che diceva: STREGA DENTUTA - CATTIVERIE E MALANNI. E la casa era nera, più nera dell'inchiostro, più nera del carbone, più nera della pece. E sulla casa camminavano tanti ragni neri. E davanti alla porta, così piccola che quasi non ci si passava e così buia che pareva un pozzo, se ne stavano tutti in fila decine di topi neri. Che però, alla vista del gatto A Ran Cion, fuggirono spaventati giù per le scale nere.

Cion Cion Blu, allora, cominciò a scendere anche lui le scale che portavano sottoterra. Non si vedeva proprio niente, e allora scendeva pian pianino stando bene attento perché le scale erano viscide e c'era pericolo di scivolare. Ma intanto diceva:

– È permesso? Sono Cion Cion Blu! Signora strega, ho bisogno di parlarti.

Ma nessuno rispondeva, e le scale scendevano scendevano e al bravo contadino pareva di andare a finire nel centro della Terra. Finché a un certo momento sentì una vociaccia lontana che diceva:

– Adesso vedrai che scivoli e fai una bella roto-
lata giù per le scale.

E Cion Cion Blu si sentì scivolare veramente e
cominciò a rotolare per quelle scale nere che quasi
finiva con la faccia in giù; e intanto la vociaccia
scoppiava in risatacce rauche come il verso del
rospo. Ma, mentre cadeva, Cion riuscì a tenere
ben dritta la vaschetta di Bluino, tanto che non
si versò neanche un po' di aranciata.

– Buongiorno, signora strega, – disse gentile
Cion Cion Blu, rialzandosi da terra.

– Buongiorno un corno! – rispose la vociaccia.
– A me si dice sempre: «Cattiva notte», capito? Ti
sei fatto male, spero.

– Non molto, grazie – rispose subito Cion, sempre garbato.

Guardandosi intorno vide che si trovava in una caverna quasi completamente buia in cui c'erano delle ombre strane e tanti oggetti pieni di polvere e di ragnatele. In fondo, dietro a un pentolone fumante che cuoceva su un fuoco tenebroso, c'era la più brutta vecchiaccia che avesse mai vista. Era avvolta in un mantello nero e aveva un cappuccio nero. Su una spalla aveva un grosso gatto nero che alzava la schiena e rizzava i peli, e sull'altra spalla aveva un grosso gufo nero con le penne tutte arruffate. Gli occhi della strega erano rotondi, neri e cattivi; rotondi come gli occhi del gattone e come gli occhi del gufo. Le mani della strega avevano delle unghiacce lunghe almeno dieci centimetri. E dalla bocca della strega usciva un dente enorme, un dente solo, lungo almeno un metro. Con quel dente spaventoso la vecchiaccia stava rimestando nel pentolone.

– Sei il primo scimunito che scende nella mia tana! – sghignazzò la strega Dentuta. – Bisogna che pensi a un maleficio veramente orrendo per te!

– Preferirei di no – rispose Cion Cion Blu avvicinandosi alla strega piano piano, perché non capiva bene dove camminava.

Intanto il cane Blu ringhiava e il gatto A Ran Cion soffiava.

– Con un cane e con un gatto, sei venuto, eh? E anche con un pesciolino! – strillò la strega Dentuta agitando le dita unghiute. – Ma quante spaventose magie mi farai inventare!

Poi cominciò a canterellare:

– *Ragni, scorpioni, pulci, pidocchi,*
*con questo brodo caverò cento occhi.*

Intanto Cion Cion Blu aveva trovato una strana tavola a tre gambe che aveva vicino uno sgabellino a tre gambe. Allora si sedette e posò sul tavolo, davanti a sé, la vaschetta di Bluino.

– Signora strega, per favore, – disse Cion Cion Blu – vorrei chiederti un piacere.

Intanto anche il cane Blu e il gatto A Ran Cion erano saltati sul tavolo.

– *Rospi, ramarri, vipere, serpenti,*
*con questo brodo strapperò mille denti.*

Continuava a canterellare la vecchiaccia.

– Volevo chiederti, signora strega, – disse allora sempre gentilmente Cion Cion Blu – se potevi rompere l'incantesimo del papà e della mamma di Gelsomina.

A queste parole la strega Dentuta alzò di colpo

le braccia in aria agitando le unghiacce, spalancò la bocca vuota e nera e tirò fuori dal pentolone il suo orribile dentone puntandolo come una spada contro il povero contadino:

– Mai e poi mai! – urlò con la sua vociaccia. – Anzi, inventerò degli incantesimi ancora più brutti, ancora più cattivi, ancora più potenti! Ma non sai che Gel So non mi ha voluto preparare il più cattivo brodo nero che avessi mai inventato, e che Min A non ha voluto farmi il più brutto vestito di tela di ragno che una strega abbia mai avuto? E per colpa di quelle insopportabili fate, di quelle smorfiose che litigano sempre! Oh, se penso a quante belle magie brutte avrei potuto fare con quel brodino e con quel vestitino!

– Io intanto, però, – disse Cion Cion Blu – mi faccio la mia colazione del mattino.

– Falla, falla – disse la strega. – Ti andrà per traverso e poi ti farà venire il mal di pancia.

Intanto Cion Cion Blu aveva tirato fuori dalla tasca l'arancia magica e l'aveva posata sul tavolo.

– Che frutto schifoso! béeee! – disse la strega disgustata. – È la cosa più brutta che ho visto da duemila anni in qua.

– E... *adesso me la mangio!* – disse piano Cion Cion Blu, pronunciando le parole magiche.

Subito l'arancia cominciò a diffondere un leggero chiarore.

– Cos'è quella cosa orribile! – strillò la strega.

E presa dalla paura, cominciò a buttare contro Cion Cion Blu delle vespe, borbottando in fretta:

– *Vespe, vespacce, quando lo pungerete*
*in una vespa lo trasformerete!*

Ma quando le vespe arrivavano vicino a Cion Cion Blu il pesciolino, guizzando fuori dalla sua aranciata, le inghiottiva, tutto beato per la colazione inattesa. E intanto l'arancia diventava sempre più splendente.

– Bestia maledetta! – urlò la strega.

Poi ricominciò a borbottare:

– *Gufo gufaccio, appena lo beccherai*
*in un gufaccio lo trasformerai!*

E sbatacchiando le sue grosse ali nere il gufo saettò su Cion Cion Blu.

Ma il gatto A Ran Cion con un balzo lo artigliò con tutte le sue unghie e il gufo, squittendo penosamente, cominciò a fuggire imboccando le scale buie, sempre inseguito da A Ran Cion, che per quelle scale ci vedeva benissimo.

– Furie di tutti i demoni! – urlò allora la strega Dentuta.

Ma subito ricominciò a borbottare:

*– Gattone gattaccio, appena l'avrai graffiato*
*in un gattaccio sarà trasformato!*

E l'enorme gatto nero balzò su Cion Cion Blu. Ma il cane Blu gli saltò addosso ringhiando, abbaiando e addentandogli il collo. E rotolando sul pavimento, il cane e il gatto si azzuffarono furiosi. Ma poco dopo anche il gattone fuggiva su per le scale nere rincorso da Blu che lo seguiva col fiuto.

Intanto l'arancia era diventata abbagliante e la strega Dentuta urlacchiava:

– Aiuto! È come il sole! Che luce spaventosa! Ma con questo brodo nero posso ancora annientarti! Posso...

Allora Cion Cion Blu saltò vicino alla strega e con un calcio potentissimo le rovesciò addosso tutto il pentolone pieno di brodo nero bollente. E ecco che il mantello, il cappuccio, il vestito della strega bruciarono in un attimo, e le caddero tutte le unghiacce e il dentone andò in mille pezzi. E la strega Dentuta, senza dente, rimase lì tremante, con addosso soltanto un camicione nero, con tutti i capelli bianchi arruffati e con gli occhi che erano diventati piccoli piccoli perché alla luce non riuscivano più a vedere.

Poi lanciò un urlo rauco e, saltando come una cavalletta per la caverna, imboccò le scale, mentre Cion Cion Blu la seguiva con la vaschetta di

Bluino tenendo davanti a sé l'arancia splendente. E la strega saliva svelta svelta per sfuggire a quella luce; finché giunse in strada e allora, alla luce del giorno, divenne una povera vecchierella da nulla, che aveva bisogno degli occhiali perché non ci vedeva niente.

Quando Cion Cion Blu uscì dalla casetta nera della strega, vide che sopra di lui volavano la fata Biancaciccia e la fata Valentina Pomodora.

– Sei stato bravissimo! – gli gridò la fata Valentina Pomodora.

– Sei il mio eroe! – gli gridò la fata Biancaciccia.

– Sei proprio il contadino dei miei sogni!

E scoppiò in una risata entusiasta.

– Ma l'incantesimo, come si fa a romperlo?! – gridò Cion Cion Blu.

– È già tutto fatto – gli rispose la fata Valentina Pomodora, calando accanto a lui assieme alla fata Biancaciccia.

La strega Dentuta, intanto, si era seduta in terra e se ne stava lì tutta rannicchiata con la faccia rimbambita.

– Appena tu hai versato il pentolone magico addosso alla strega... – cominciò a spiegare la fata Valentina Pomodora.

– Come fai a sapere che le ho versato addosso il pentolone! – domandò Cion Cion Blu.

– Sono una fata, no? – rispose la fata Valentina Pomodora. – Beh! in quel momento sono schizzati da sottoterra, da tutti i punti dell'incantesimo, tanti di quei folletti che non t'immagini neanche.

– E dove sono andati? – chiese Cion impensierito.

– Li ho trasformati in formaggini e li ho spediti alle mie cucine! – rispose la fata Biancaciccia.

– Quando c'è da far trasformazioni sei subito pronta! – disse ironica la fata Valentina Pomodora.

– Ma certo! – ribatté allegramente quella grassona – e ho anche trasformato il gattone nero e il gufo nero in due prosciutti. Speriamo almeno che siano buoni.

– Ma non avrai trasformato anche Blu e A Ran Cion? – chiese preoccupato Cion Cion Blu.

– Ma ti pare che io debba darti un dispiacere simile, caro fidanzato? – scoppiò a ridere la fata Biancaciccia.

– Macché fidanzato! – si arrabbiò Cion Cion Blu. – Però, la strega Dentuta non potrà mica ricominciare a far malanni?

– No, no, – disse la fata Valentina Pomodora – ormai è soltanto una vecchietta che non vede quasi niente e che non capisce quasi niente. E per sempre.

– E forse – aggiunse la fata Biancaciccia – non è neanche cattiva.

Poi, voltandosi verso la vecchia Dentuta che non aveva neanche più un dente, chiese:

– Ti piacciono i gatti bianchi, cara?

– Oh sì, – rispose la vecchietta – i gatti bianchi sono buoni.

– Ti piacerebbe averne uno? – domandò ancora.

– Sì, dai, dai, dammene uno! – rispose la vecchierella battendo le mani dalla contentezza. – Gli preparerò una bella minestrina e poi gli darò del buon latte e poi anche un po' di pollo. Così farà le fusa. Che bellezza!

– E la caverna che c'è qui sottoterra? – chiese ancora Cion Cion Blu.

– La caverna non c'è più, è crollata tutta – rispose la fata Valentina Pomodora. – Abbiamo schizzato un po' di raggi da terremoto io e Biancaciccia.

– Allora – disse Cion Cion Blu – posso tornarmene ai miei campi di aranci. Sono due giorni che non faccio niente e ho da lavorare. Ecco che arrivano Blu e A Ran Cion.

E Cion Cion Blu festeggiò tutti i suoi bravissimi animali, poi salutò le fate, disse loro di salutare i suoi amici e s'incamminò verso la strada che passava in mezzo alle risaie, col cane, col gatto e col pesciolino.

– Ma io verrò a trovarti, sai? – disse la fata Biancaciccia con un sorriso furbo.

– Mi farai davvero piacere – rispose Cion Cion Blu con grande gentilezza.

– Sai? – mormorò la fata Biancaciccia alla fata Valentina Pomodora. – quel contadino lì me lo voglio proprio sposare. Lui non sa ancora che lo voglio sposare davvero. Pensa che scherzo!

E dall'allegria trasformò tutte le casette nere dei briganti in tanti mucchi di liquerizia. E i briganti dovettero scappare via, oppure cominciarono a andare nelle piazze delle città a vendere liquerizia ai cinesi golosi. E così diventarono bravi anche loro.

# 29
# I proclami dell'imperatore

Mentre le due fate, litigando contente, scendevano volando sull'isola delle magnolie, Gelsomina e Uei Ming, che erano usciti sulla veranda della casina bianca, cominciarono a gridare:

– Cos'è successo? Cos'è successo?

– Ha vinto Cion Cion Blu! – gridò entusiasta la fata Valentina Pomodora calando sulla veranda.

– E la strega Dentuta dov'è scappata? – chiesero i due fidanzati.

– La strega Dentuta non c'è più – gridò la fata Biancaciccia, e planò sulla veranda agitando i suoi strascichi. – C'è invece la brava nonnina Sdentina.

E mostrò che sulle sue scope, dietro di lei, se

ne stava raggomitolata la buona vecchietta. Poi mormorò con un gran sorriso:

– Nonnina, vai nella casina che ci sono tanti gatti bianchi!

– Oh sì! – disse la vecchierella, felice. – Che bellezza!

E, camminando pian pianino, entrò nello stanzone e subito si mise a accarezzare Biancolina e i nove gattoni bianchi.

– Ma dov'è Cion Cion Blu? – chiesero insieme Gelsomina e Uei Ming.

– È tornato al suo ombrello – rispose la fata Valentina Pomodora. – Ha detto che aveva da lavorare.

I due fidanzati furono davvero costernati. Subito, l'imperatore cominciò a esclamare:

– Cion Cion Blu lo nominerò primo ministro... ma no, povero Din Din. Allora lo nomino Consigliere Supremo del Supremo Consiglio dei Consiglieri Imperiali. E poi gli regalo un grande palazzo e poi...

– Macché consigliere, macché palazzo! – lo interruppe la fata Biancaciccia. – Cion Cion Blu ha bisogno soltanto di una brava moglie che lo aiuti a lavorare i campi e che gli faccia da mangiare.

Uei Ming stava per rimbeccarla, ma in quel momento giunse volando, nel turbine di vento magico della fata Valentina Pomodora, la mamma di Gelsomina. E subito dopo, roteando il suo mestolo, arrivò in volo anche Pan Cin a cavallo della capretta, portando il papà Gel So.

Ti puoi immaginare le feste che si fecero Min A, Gel So e Gelsomina. Perché, non soltanto quei due poveri papà e mamma non avevano più visto la loro figlia da quando era piccola, ma non si erano più visti nemmeno loro due, dato che l'incantesimo li aveva chiusi ciascuno nella caverna di una delle fate. E piangevano e ridevano, si abbracciavano e si dicevano tutte le cose più belle, affettuose e commoventi.

E i genitori dicevano a Gelsomina: – Ma come sei diventata grande! –. E Gel So diceva a Min A: – Ma sei proprio bella grassa! –. E Min A diceva a Gel So: – Ma che omone che ti sei fatto!

Perché il papà di Gelsomina era proprio un omone grande, grosso e forte. E anche lui aveva i capelli neri e gli occhi verdi, e anche lui aveva un vestito verde a fiorellini bianchi di gelsomino. Ma aveva anche un grembiulone e un cappello da cuoco così alto che sfiorava quasi il soffitto. E poi Gel So diceva continuamente: – Uuuh! – e – Oooh! – per la gran felicità, con un gran vocione.

Poi tutti e tre baciarono le due fate, e poi i genitori abbracciarono Uei Ming, e poi Uei Ming baciò Gelsomina. E quindi decisero di andare tutti al palazzo imperiale per lo sposalizio.

– Ma a piedi, – disse Uei Ming – senza nessuna magia.

Salirono tutti sulla barchetta bianca e questa volta la vela bianca si riempì di vento vero, anziché di lucciole magiche. E scesero sulla prateria, e attraversarono la foresta dei grandi alberi, senza che nessuno spettro venisse a disturbarli, e arrivarono sulla strada che attraversava i frutteti fioriti. E ecco che tra i campi apparvero due ombre che correvano. Erano il lupo nero ringhiante e Ron Fon... e Ron Fon, a furia di correre, era diventato magro come un baccalà, e fuggiva tutto curvo in avanti e con un palmo di lingua fuori. Era diventato talmente striminzito che nemmeno Gelsomina lo riconobbe. Ma la fata Biancaciccia sì e disse, tutta gongolante:

– Che sonno che ha! Lasciamolo dormire.

Diresse il raggio della sua bacchetta magica sul lupo nero, che tornò a trasformarsi in maialino e trotterellò vicino a Pan Cin.

Ron Fon, allora, si lasciò cadere in terra di colpo e si addormentò, e dormì tre giorni e tre notti senza svegliarsi mai. E quando si alzò era diventato bravo anche lui e si mise a fare il contadino.

E arrivarono in mezzo a un campo di terra arancione con tanti alberi di aranci fioriti di bianco.
Tra gli alberi spuntava un grande ombrello blu
e arancione e seduto sul letto, sotto l'ombrello,
c'era Cion Cion Blu che fumava la sua pipa blu
per riposarsi un momento tra un lavoro e l'altro.
Appena lo vide, Gelsomina gridò:

– Cion Cion Blu! Andiamo a sposarci. Vieni
anche tu.

Cion Cion Blu, commosso, sbuffò una quantità
di nuvole di fumo dalla sua pipa e poi rispose:

– Ma certo, cari amici! Però prima devo finire
di irrigare il campo.

– A presto, caro fidanzato! – gli gridò la fata
Biancaciccia tutta contenta.

Cion non rispose e si voltò dall'altra parte sbuffando fumo come una locomotiva.

E arrivarono davanti alla casa dei gelsomini e
Min A e Gel So si misero a piangere dalla com-
mozione. E passarono in mezzo alle risaie, poi in
mezzo ai mucchi di liquerizia, che prima erano
state le casupole nere dei briganti. Poi, lungo la
stradina tutta lilla di lillà, arrivarono al fiume e
infine, attraversando un grande ponte, giunsero
nella piazza imperiale che si allargava davanti ai
cancelli imperiali del parco imperiale.

Nella piazza c'era soltanto un uomo piccolino

e grasso, con un lungo vestito celeste su cui erano ricamati dei grandi girasoli gialli. Quell'uomo camminava avanti e indietro tutto agitato, scuotendo la testa e borbottando disperato:

– Ma dove sarà andato Ciù Cin Han Uei Sui Tang Sung Ming!

– Din Din, – gridò l'imperatore – che cosa stai cercando?

Il primo ministro, con profondi sospiri di sollievo, cominciò ad avvicinarsi inchinandosi ogni tre passi.

– Oh, Figlio del Sole! – esclamò. – Ti aspettano! Ti aspettano! Ma non so se sarai contento!

Allora, seguito da tutti gli altri, l'imperatore entrò nel parco e vide schierato davanti a lui tutto l'esercito imperiale formato da migliaia e migliaia e migliaia di soldati. Tutti i soldati tenevano gli spadoni sguainati in aria, e anche i cento generali che, con i fieri occhi fissi al cielo e con le lunghe barbe nere dondolanti, si erano allineati davanti.

– Evviva il Figlio del Sole! Evviva! – urlarono tutti insieme. – Il tuo esercito è pronto per la guerra. Oggi partiamo guidati dalla luce invincibile del tuo comando.

– Ancora? Ma quale guerra!? – urlò l'imperatore.

Il generale dei generali, al centro dello schieramento, gridò:

– La guerra che abbiamo deciso di fare. Viva l'imperatore!

E tutto l'esercito fece un fracasso incredibile perché, quantunque non si capisse niente, tutti avevano gridato: – Viva l'imperatore!

Solo che dietro a Uei Ming c'erano adesso le due fate.

– Hahahahaha, hanno detto «guerra»! – scoppiò a ridere la fata Biancaciccia, mentre la fata Valentina Pomodora sorrideva con furbizia.

Poi, insieme, le due fate puntarono le loro bacchette magiche verso l'esercito, proiettando due raggi bianchissimi. E in un attimo tutte quelle migliaia e migliaia di spadoni si trasformarono in buonissimi salami.

– Ma... ma... ma! – urlarono i generali muovendo i loro salamoni. – Ma sei proprio uno che non la vuol fare la guerra! Ma che imperatore sei!

– Guardie! – urlò furioso Uei Ming. – Arrestate i generali e metteteli tutti in prigione.

– Ma facevamo quasi per finta! Ma non farci arrestare! – supplicavano i generali. – Ma volevamo fare solo una guerra piccolissima, così per provare! Perdonaci, Figlio della Terra... cioè, Sole della Luce... cioè, Terra del Figlio, cioè...

Ma intanto le mille guardie che sorvegliavano i cancelli imperiali avevano circondato i cento generali. Però, dato che anche i loro spadoni si erano trasformati in salami, diedero ai generali tante salamate in testa, e poi li misero tutti in prigione.

– Udite! soldati dell'esercito imperiale! – urlò allora Uei Ming, e tutti stettero zitti. – Adesso tornate alle vostre case e mangiatevi pure i vostri salami!

Le urla di gioia dei soldati sembrarono un terremoto. Poi tutti se ne andarono correndo e addentando i loro salamoni.

– Ma non ti avevo detto – gridò furioso Uei Ming a Din Din – di nominare degli altri generali?

– Figlio del Sole, – balbettò il povero primo ministro tremando di paura – io ne ho nominati degli altri; ma, non so perché, appena diventano generali, tutti vogliono fare la guerra. Luce della Terra, – continuò – adesso ne nomino degli altri ancora e spero...

– No, – disse l'imperatore seccato – niente più generali. Da oggi la guerra è vietata. E chiunque parla di far la guerra viene messo in prigione. Prepara un proclama. Via! via! svelto!

Din Din corse via, ma subito l'imperatore lo richiamò e disse ancora:

– E prepara anche quest'altro proclama: «L'imperatore assegna a tutti i poveri della Cina una casa e un campo da coltivare».

– Bravo imperatore! – gridò la fata Biancaciccia. – È così che si fa! – e gli diede un bacio in fronte.

Uei Ming scoppiò a ridere e, incamminandosi verso il palazzo imperiale, continuò a dare ordini a Din Din che lo seguiva sbattendo gli occhi:

– E nomino cuciniera generale dell'impero, per dar da mangiare a tutti i poveri della Cina, la fata Biancaciccia. E nomino vice-cuoco il papà di Gelsomina, Gel So.

Poi si voltò verso la fata Valentina Pomodora che lo guardava impaziente e aggiunse:

– E nomino sarta generale dell'impero, per preparare i vestiti di tutti i poveri della Cina, la fata Valentina Pomodora. E vice-sarta sarà la mamma di Gelsomina, Min A.

– Sì, Figlio del Sole, sì Luce della Terra, – borbottava spaventato il povero Din Din, trotterellando vicino all'imperatore.

– E ordino – continuò Uei Ming – che da oggi più nessuno mi chiami né Figlio del Sole né Luce della Terra.

– Sì, Figlio del Sole – balbettò Din Din.

– Che cos'hai detto? – gridò l'imperatore.

– Oh... volevo dire... sì, Ciù Cin Han Uei Sui Tang Sung Ming – disse il primo ministro con tanti sospiri.

Intanto erano arrivati davanti all'immenso palazzo tutto laccato di rosso e col tetto d'oro. E allora Gelsomina, che era sempre rimasta zitta a ascoltare felice tutte le decisioni del suo fidanzato, spalancò occhi e bocca e gridò col suo vocino di fringuello:

– Ma Uei Ming! Ma che cos'è quella montagna con tutte quelle finestre e quelle torri e quelle muraglie e quelle porte, e tutta quella gente...

– È il palazzo imperiale – disse orgoglioso l'imperatore. – Ti piace? Vero che ti piace?

– Ma non dobbiamo mica andare a stare là dentro, vero? No, vero? – gridò la ragazza. – È talmente grande che se ci si sta dentro non ci si accorge neanche di avere una casa! Oh no, Uei Ming, cerchiamo un'altra casa per noi! Vero che la cerchi?

Era l'ora delle grandi decisioni. E allora l'imperatore aggrottò gli occhi pensando serio serio. Poi disse:

– Ma sì, Gelsomina cara! Hai proprio ragione. Allora, Din Din, prepara quest'altro proclama: «Il palazzo imperiale, e anche il giardino e il parco, da oggi non verranno più abitati dall'imperatore e dai suoi cortigiani e verranno regalati ai bambini della capitale che potranno venirci a giocare quando vorranno e quanto vorranno, e potranno farci tutto quello che vorranno».

– Ma – protestò tremando Din Din – io rimarrò senza casa! E gli altri, i ministri, i mandarini, i generali...

– I generali l'alloggio ce l'hanno. Sono tutti in prigione, no? – disse Uei Ming.

– Sì, i generali sì, ma noi... – piagnucolò Din Din.

– Voi vi cercate una bella casetta come me la cerco io... ma guarda chi si vede! – esclamò Uei Ming.

Era Man Gion che, mogio mogio, se ne stava davanti al palazzo imperiale aspettando paziente.

– Sì, signor imperatore – disse.

– E dov'è Brut Bir Bon? – domandò Uei Ming.

– È in prigione, signor imperatore – disse Man Gion. – E continua a gridare: «Lasciatemi uscire che voglio andare a rubare!». Perciò non lo lasciano uscire.

– Bravo Man Gion! Allora, Din Din, – ordinò Uei Ming – fa' subito preparare per questo grassone delle salsicce coi fagioli stufati, una frittata col formaggio e delle bistecche ai ferri. E quando avrai mangiato, caro Man Gion, verrai assegnato alle cucine della fata Biancaciccia come assaggiatore. Spero che ti comporterai bene.

– Aa... assaggiatore! – esclamò Man Gion.

E dalla felicità cadde in terra svenuto.

– Fata Biancaciccia! – gridava intanto l'imperatore. – Ma dove si sarà cacciata?

– È volata dal suo bel fidanzato! – disse ridendo la fata Valentina Pomodora.

Poi ti dirò che cosa fece la fata Biancaciccia. Intanto ti posso assicurare che i proclami dell'imperatore vennero eseguiti a puntino. Così, non solo tutti i poveri ebbero una casa e un campo, ma le caverne delle due fate vennero smisuratamente ingrandite per poterci preparare tutti i vestiti e tutte le minestre che occorrevano per i cinesi poveri, grandi e piccoli.

Insomma, a vestire e a dar da mangiare ai poveri continuarono a pensarci le fate.

# 30

# La canzone di Uei Ming

La fata Biancaciccia, come sai già, voleva sposare Cion Cion Blu. Ma Cion Cion Blu non le aveva mai dato retta. Sapeva che era una fata proprio buona, benché fosse molto bizzarra e avesse la mania delle trasformazioni. Però Cion Cion Blu non aveva mai pensato a sposarsi perché stava bene come stava.

Tuttavia non si sa mai. E così, quella mattina, mentre finiva svelto svelto di scavare un fossatello per irrigare i campi per poi andare subito al palazzo imperiale a vedere Gelsomina e Uei Ming che si sposavano, scorse la fata Biancaciccia che arrivava volando, coi lunghi strascichi al vento.

– Caro il mio contadino! – gridò la fata planando velocissima vicina a lui.

– Oh, ciao cara fata, – disse Cion smettendo per un momento di lavorare, – cosa vuoi?

– Voglio sposarti, caro Cion Cion Blu! – gridò la fata gongolante.

– Ma cara fata, – disse allora Cion scuotendo la testa – io ho soltanto un ombrello, non ho neanche la casa. Non dico che mi dispiacerebbe di sposarmi, ma...

– Io, però, – esclamò la fata contenta – ce l'ho la casa. Ho la casina bianca sull'isola delle magnolie e possiamo andare a star là. Ti pare?

– Ma no, ma no – rispose Cion Cion Blu accendendo la sua pipa blu, – io sono un contadino e voglio restarmene nel mio campo di aranci. Io sto bene qui.

– Allora, – disse allegra la fata Biancaciccia – io prendo un albero e lo trasformo in una casa, poi prendo un sasso e lo trasformo in un tavolo, poi prendo un altro sasso e lo trasformo in una credenza, poi...

– Macché «trasformo e trasformo»! – disse Cion Cion Blu. – Vuoi fare la moglie o la fata?

– Oh, mio adorato Cion Cion Blu! – gridò la fata Biancaciccia con entusiasmo. – Io voglio fare la moglie! Con un marito come te le magie non contano più niente.

– Brava Biancaciccia! – disse Cion con una

risata. – E allora non trasformi più niente! Il mio ombrello basterà per tutti e due.

Le prese la bacchetta magica e gliela batté sul naso. E la fata Biancaciccia si trasformò in una brava massaia tutta vestita di blu, ma con un grembiulone arancione.

– E adesso, basta con le magie! – disse Cion Cion Blu.

E spezzò in mille pezzi la bacchetta magica.

– Sì, caro Cion Cion Blu – rispose Biancaciccia, amabile.

E tutti e due, tenendosi a braccetto, andarono al palazzo imperiale, dove Gelsomina e Uei Ming si stavano sposando. Puoi immaginare le feste, i canti, le musiche, gli evviva, le torte, i dolci, i gelati di quello sposalizio. E subito dopo si sposarono anche Biancaciccia e Cion Cion Blu.

Da quel momento in poi, Biancaciccia fece semplicemente la cuoca, anzi, come aveva stabilito il proclama dell'imperatore, la cuciniera generale dell'impero. Ma aiutò anche Cion Cion Blu a lavorare i campi e Cion Cion Blu aiutò Biancaciccia a preparare i piatti più prelibati per i cinesi poveri. E preparava minestre di pollo con le arance e poi sformati di riso all'arancia e budini d'arance e torte d'arancia e tanti gelati d'aranciata.

Ma Cion Cion Blu, insieme a Biancaciccia, al

cane, al gatto e al pesciolino, continuò a stare sotto il suo ombrello blu e arancione in mezzo ai campi di aranci, e Biancaciccia portò lì anche la gatta Biancolina che si sposò con A Ran Cion; dato che A Ran Cion era blu e Biancolina era bianca, nacquero tanti gattini celesti.

I nove gattoni bianchi, invece, rimasero nella casetta bianca dell'isola delle magnolie dove stavano come dei nababbi perché la nonnina Sdentina non faceva altro che preparare per loro delle goloserie.

Quanto al cane Blu non si sposò affatto, ma prese l'abitudine di accompagnare Biancaciccia ogni volta che, a bordo della barchetta bianca, andava, con la vela bianca spiegata al vento, nelle grandi cucine sotterranee della prateria. T'immagini quante bistecche e cosce di pollo si pappava Blu!

Anche Bluino molte volte si faceva mettere con la sua vaschetta sulla barca bianca, così, quando ne aveva voglia, poteva guizzare nel fiume e divertirsi coi suoi amici pesci.

In mezzo ai campi di aranci ogni tanto arrivava anche Uei Ming, che andava a trovare il suo amico contadino tutte le volte che aveva bisogno di un consiglio: e così parlavano e parlavano, all'ombra dell'ombrello blu e arancione, mentre Cion Cion Blu fumava la sua pipa blu.

Naturalmente Uei Ming non stava più nel

palazzo imperiale perché, come ti ho detto, l'aveva regalato ai bambini della capitale.

E i bambini facevano delle scivolate nei saloni che avevano i pavimenti lucidi come il ghiaccio. E saltavano finché volevano sui letti dove prima dormivano i ministri, i mandarini e i generali. E facevano capriole sui divani e sulle poltrone. E si mettevano i vestiti meravigliosi dei cortigiani, tutti d'oro e di stoffe preziose, ricamati di fiori, di stelle, di draghi, di nuvole. E poi cavalcavano le grandi statue dei leoni alati, si arrampicavano su quelle dei giganti e dei draghi, si nascondevano dentro alle grandi armature dei guerrieri e poi giocavano al cerchio con gli scudi e facevano il tirassegno con gli archi e le frecce.

E poi, tutti quei bambini, se ne avevano voglia, potevano andare nel salone dei banchetti a farsi preparare torte, gelati, pasticcini, budini e sciroppi. E poi andavano nel giardino a nuotare nei laghetti, a raccogliere i fiori persino dalle aiuole, a rotolarsi sull'erba dei prati. E poi pescavano nei torrenti del parco, si tuffavano dai ponti, giocavano a nascondersi tra i cespugli oppure si arrampicavano sugli alberi; e era bellissimo perché c'erano alberi giganteschi con dei lunghi rami che scendevano fino a terra.

E poi la fata Valentina Pomodora, che andava

spesso a giocare con tutti quei bambini, aveva regalato loro un po' del suo vento magico. Così, quando ne avevano voglia, i bambini potevano volare sul giardino e sopra gli alberi del parco e anche giocare con quel matto di fantasmino che stava sempre con loro inventando gli scherzi più strambi e divertenti.

Uei Ming, invece, era andato a stare con Gelsomina in una bellissima casetta in riva al mare, tutta dipinta di verde e di fiorellini bianchi di gelsomino. Dentro c'erano tanti bei mobili e, sui tavolini, c'erano tanti giardinetti di porcellana, con le montagne, i fiumi, i ponti, gli alberi e le case tutti piccolini e colorati. Fuori c'era un giardino pieno di fiori, di ruscelli, di laghetti e di alberi con una quantità di uccellini che cantavano tutto il giorno. E dentro e fuori c'erano tante lanternine cinesi di tutti i colori, così, anche di notte, quella casetta pareva una festa.

E in quella casetta Uei Ming inventò per Gelsomina tante belle canzoni. E la prima che inventò cominciava così:

> *In mezzo ai campi*
> *di terra arancione,*
> *fra tanti aranci*
> *dai tronchi blu,*
> *sotto un ombrello*

*blu e arancione,*
*c'era una volta*
*un cinese ciccione*
*tutto vestito*
*di blu e di arancione*
*e si chiamava*
*Cion Cion Blu.*

Ma come continuava quella canzone non te lo sto a dire, perché ormai la storia la sai già.

# Indice

## Chi è...
# PININ CARPI

Scrittore amato da generazioni di lettori, Pinin Carpi è stato e rimane una figura di riferimento della letteratura per ragazzi in Italia. Cresciuto in una famiglia di artisti, ha sempre amato scrivere e raccontare storie, ma ha studiato anche scultura, architettura e musica. Suonava benissimo il pianoforte e incantava i bambini inframezzando i suoi racconti con brani di musica piena di magia. Questa edizione di *Cion Cion Blu* è stata illustrata da Iris De Paoli (1925–1985), importante illustratrice italiana attiva soprattutto nel mondo del fumetto.

*Per fare un libro ci vuole...*

# UN GRAFICO

Il grafico si occupa di fare bella una storia. Bella da vedere, soprattutto, a partire dalla copertina. Il grafico è specializzato in un'arte chiamata arte tipografica. Tutto quello che si legge in un libro è scritto con un carattere tipografico. Ne esistono centinaia di migliaia, uno diverso dall'altro, e il grafico li conosce quasi tutti. A volte si innamora di un carattere in particolare, perché ha una forma incantevole o originale o perché gli ricorda i libri che leggeva da bambino o la scrittura della sua prima maestra. I grafici sono molto romantici, in effetti.

*(...per fare un libro ci vogliono molte persone e tante idee.*
*Scoprile tutte negli altri libri!)*

# Se ti è piaciuto questo libro...
# LEGGI ANCHE

*Pinin Carpi*

## NUOVE AVVENTURE DI LUPO URAGANO

Per mille balene, Lupo Uragano è tornato, a bordo della sua invincibile nave Barbablù.

*Pinin Carpi*

## DIETRO LA PORTA D'ORO

Cosa ci fa Even Trot, un magico gnomo irlandese, nel bosco di betulle della città?